バッコスの信女
ホルスタインの雌

The Bacchae—Holstein Milk Cows

市原佐都子
Satoko Ichihara

白水社

バッコスの信女 ― ホルスタインの雌

目次

装丁　平松るい
装画　萩原慶

バッコスの信女――ホルスタインの雌

登場人物

主婦
獣人
イヌ
女子
わからない者
コロス（ホルスタインの雌の霊魂）

本作は、ギリシャ悲劇『バッコスの信女《しんにょ》』（エウリピデス作）を下敷きに、古代ギリシャ劇の形式を用いた現代劇である。

古代ギリシャ劇の形式に倣《なら》い、主要な登場人物を演じる俳優三名、コロス十二〜十五名によって演じられる。

コロス……劇の状況や登場人物の感情を説明する合唱舞踊集隊。

プロロゴス（序章）から始まり、パロドス（コロスの入場歌）と続き、その後エペイソディオン（会話）とスタシモン（歌）が何度か繰り返され、エクソドス（終章）で終わる。

観客席は、アクティングエリアを半円形に囲むように、すり鉢型に組む。

舞台は、主婦の住む家のリビングダイニングルーム。

すり鉢型の観客席の底に、主婦の暮らすダイニングルームが四角い孤島のようにある。

部屋の中には、ダイニングテーブルセット、ソファー、ローテーブル、アイロン台などが置かれている。

ダイニングテーブルセットの置かれた奥は、オープンキッチンになっている。

イケアのショールームをそのまま再現したような部屋である。

部屋の周りには、コロスが待機するスペースがある。

そのスペースには劇中で使用する小道具（ヒモ、哺乳瓶《ほにゅうびん》など）が置いてある。

舞台上部には、映像を投影するスクリーンがある。

斜体は、歌唱部分を示す。

プロロゴス

主婦、ティーカップを持ち、登場。

生活感のない真新しい花柄のエプロンをしている。

ダイニングに座る。

テーブルの上には、ホットプレート、コーンフレークの入った箱、ストロー、菜箸《さいばし》、ゴム手袋、タッパーがある。

主婦、観客を見る。

主婦　うちは今日焼肉なんだけど　みなさん今日は何食べようと思ってますか　一か月に一回くらいかな　うち焼肉してるんです　それが今日なのね　うち普段はもう

焼肉とは真逆《まぎゃく》っていうか　むしろウシに近いのかな　ウシみたいな食事なのね
野菜中心の　質素ですよ　朝はコーンフレークか　ケロッグの

主婦、テーブルの上のコーンフレークの箱を示す。

主婦　あ　知ってます?　コーンフレークってマスターベーションやめさせるために生まれたらしいです　私もネットで読んでびっくりしたんだけど　コーンフレークはケロッグ博士って人がつくったんですけど　ケロッグ博士って性欲が病気の源だって信じてて身体《からだ》に悪いからって性行為をしなかったんですね　そっちのほうがだいぶ身体に悪い気がするんですけど　妻いたんですけど　セックスしないで　孤児《こじ》をもらって育ててたくらいなんですね　ま　でも　百歩譲《ゆず》ってセックスというか　交尾《こうび》は許すとしても　マスターベーションは絶対良くないって言ってて　最近これもネットで読んだんですけど　肌と肌が触れ合うとオキシトシンっていう幸せホルモンが発生するんですね　だからセックスは健康に良いって書いてて　でもまだそれから他の記事も読んでると　肌と肌触れ合うだけならイヌ撫《な》でるだけでも同じようにオキシトシン出るって書いてたんで　だから私はケッログ博士が交尾を許すっていうのは　肌のことじゃなくて肌に包まれている液体のこと言ってるんだなって思ったんです　キスすると

他人と唾液《だえき》をやり取りし合うじゃないですか　すると免疫力《めんえきりょく》がアップするらしいんです　これもたまたまネットで読んだんですけど　それで　あ　やっぱりそうかって思ったんですよ　マスターベーションは液体を他人とやり取りしないからよくないんですよ　でも液体と液体が触れ合えばいろんな病気の危険性もありますよね　それにキスだけならこれもイヌでもできますよね　すっごいイヌ　ペロペロ舐《な》めてきますし　だからやっぱり普通に考えたら　子供出来るのが良いってことを言ってるんでしょうね　健康に良いのかわからないですけど私の友達も産《う》んだ後《あと》ゲッソリして目の下にひっどいクマつくってましたしあとまあ　その後ちゃんと育てていくかも別ですよね　最近は児童虐待《じどうぎゃくたい》だとかもよく聞きますよね　痛ましい事件がよく報道されますよね　ひどいですよねねえ　どうですか？

主婦、観客からの反応を待つ。

主婦　うーん　なに話してましたっけ　やだ　私いつも喋《しゃべ》ってるうちからいろいろ思いついてそれを言っちゃうから話が長くなっちゃう　そう　だから新しい命が生産されるっていうのは世間的にはめでたい　良いことですよね　ケロッグ博士もそういったことで百歩譲られたのではないかと思います　あ　でもまあその点

だったら今のご時世なら精子バンクに精子売ればいいと思うんですけど　でもケロッグ博士はマスターベーションさせないために　肉とか豪勢な食事って性欲を高めるって言って　あ　彼も菜食主義者だったんですって　で　人々に性欲を高めないプレーンな食事を手軽にということで　それでこのコーンフレークができたんですね　ケロッグ博士いわく　これを食べると心と身体が浄化されるようなんですけど　そうだといいなとか思うけどね　実際コーンフレークくらいじゃ性欲は無《な》くせないですよね　私毎朝食べるけどマスターベーションしますし　でもね　概《おおむ》ね同意しますケロッグ博士に　彼ほど徹底してなくても　これを毎朝食べて今日も一日心健《こころすこ》やかに過ごそうっていうことを私は思うんですね　お守りですね　やっぱりニンゲンって抑圧が必要じゃないかなって　ベース抑圧がいんじゃないかなって　毎食肉だと　肉の喜び　わからなくなると思うんです　ベース野菜だからたまの肉がありがたい　全部そうだと思うんですベース食べてないから　食べることがありがたい　ベース働いてるから　休息がありがたい　ベース黙ってるから　会話がありがたい　ベースセックスしてないから　セックスがありがたい　まずベースがあってのことだと思うんですね　ずっと欲望欲望欲望　欲望に忠実だと　ニンゲン滅びていると思うんです　その逆もしかりですよね　ずっと抑圧抑圧抑圧　抑圧ばかりでも　それでもニンゲン滅びると思うんです　というか私はもう菜食主義者になりたいく

らいなんです　世間的に見た抑圧のほうに喜びを感じ始めてます　だけど野菜ばっかりじゃ野菜のありがたさを忘れてしまいそうになるのでたまにウシもはさむんですよ　あと　私はウシじゃない　私はニンゲンだって確認するためにもウシを食べることは必要です　ニンゲンはニンゲン食べないし　ウシはウシ食べないでしょ　それで　うちは　今日たまの焼肉なのね

主婦、ティーカップからお茶を飲む。

主婦　ウシって　ほぼすべて人工授精で産まれているのですが　私そのウシの授精をしていたんですね　食べるほうではなくて　飲むほうの　酪農《らくのう》農家で働いていたんですけど　飼ってるのは全員メスのホルスタインで　搾乳《さくにゅう》もしますけど　私は家畜人工授精師っていう資格を持っててスペシャリストでした　私腕が良かったのでやるとだいたいのウシが受精してたかな　すごいオーナーに信頼されてて鼻高々だったんですが　ウシもニンゲンと一緒で　当たり前ですけど　子供産まないとお乳《ちち》出さないし　一年に一頭必ず産ませるように頑張《がんば》ってて　年一《ねんいち》でがんがん妊娠してても彼女たちみんな処女なんです人工授精なんで　具体的には　日々ウシの様子を見て　発情してるウシをみつけるんですね

主婦、アイロン台が発情したウシかのように、アイロン台へ近付いて行く。

主婦　一番わかりやすいのは　スタンディングです　スタンディングっていうのはマウンティングされても　そのままスタンディングしているのがスタンディングですね　マウンティングは発情してなくてもウシはやるんです　こう他のウシに背後から覆《おお》い被《かぶ》さるんです

主婦、アイロン台に覆い被さる。

主婦　これマウンティング　で　覆い被さられてる側のウシが　そのまま抵抗せずに立ってたら　これスタンディング　スタンディングで確実に発情確認できてやるって決まったら　精液を注入なんですけど　私のいた農家にはオス牛はいません　オスって身体大きいし　暴れて死んじゃう人がいるくらい飼うのすごい大変だし　なによりお乳出ないので　飼う必要もないし　オスは液体窒素《ちっそ》で凍《こお》らせた精液なんですね　凍って一個一個ストローに入ってるんです

主婦、テーブルの上のストローを手に取る。

主婦　だから逆にオスばっかり飼って精液採取して売ってる農家さんもいるんです　良いウシだと　霜降《しもふ》り和牛《わぎゅう》とか最近ブランドとかみなさんこだわりますから　そういう良い血統のウシの精液だと　高いのでウン万円とかして　そういう精液のカタログがあって　お乳いっぱい出るのがいいとか　お肉おいしいのがいいとかで　必要に応じて精子が選べるんです　値段はピンキリで　安いのだと数百円とかでも買えます　で　凍ってる精液を自然解凍して　長い棒にセットするんです

主婦、テーブルの上の菜箸を手に取りストローと合体させる。

主婦　で　こういう手袋して　直腸《ちょくちょう》に手を突っ込むんですね

主婦、テーブルの上のゴム手袋（皿洗いをするときに家庭で使用するもの）を、腕全体を覆う手袋（家畜人工授精師が業務で使用するもの）かのように片手にはめる。
その手をアイロン台に対して、ウシの肛門《こうもん》に手を突っ込んでいるかのように動かす。

主婦　うんちとか出てきながら　肩までまるごと手を突っ込むんですね　反対の手でさっきの棒を　肛門の下にある　しわしわの膣口《ちつこう》に差し込んでいくんですね

主婦、先ほどと反対の手で、菜箸とストローが合体したものをアイロン台に対して、ウシの膣に棒を差し込んでいるかのように動かす。

主婦　差し込むとまず膣があって　子宮頸管《しきゅうけいかん》があって　子宮なんですけど　子宮を目指して棒を入れるんですが　子宮頸管っていうのがけっこう硬《かた》くてくねくね入り組んでるので　腸越《ご》しに摑《つか》んで動かしながらじゃないと無理で　だから腸に手を突っ込んでたわけですね　そうやって　子宮に棒が到達したら　精液を発射

主婦、ストローを飛ばす。

主婦　受精したらおめでとう　っていう　すごく簡単に言えばそういう仕事を私はしてたんです　オスが産まれたらうちじゃ飼わないのですぐ売るんですけどその場合　合《あ》い挽《び》き肉とかイヌ用のビーフジャーキーになったり　肉としてはかなり扱いが低いんですホルスタインのオスは　ときどき私たちの仕事に対してウシがかわいそうとか言われることもあるんですけど　かわいそうなのかもしれないですね　だけど　そうしないとみなさんお乳飲めないしウシ食べられないです　みなさん　ウシ食べるし牛乳飲みますよね　そういう人は恐らく

この先ずっといなくならないですよね　かわいそうと思っても人類みんな共犯者というか　この世界の生き物すべてがかわいそうじゃないように生きることなんて無理ですよね　でまあ　三十近くなってきたあたりから　自分の生殖はどうしようかなって思ったんですけど　ありきたりに悩みますよね　友達とかもどんどん結婚して子供産むから　私も考えないとなあと思ってたんですこのままだとウシばっかり増やして終わるなって　でも私セックスはしないわけじゃなかったんですね　ベースは　メス牛に棒を突っ込んで　突っ込む側だったんですけど　たまにニンゲンのオスにペニスを突っ込まれていたんですね

主婦、ソファーに座る。

主婦

また　ベースと逸脱の話ですけど　昔からお祭りってあると思うんですが　そういうときは　日頃の身分の上下とか関係なくみんなでお酒を飲んで　思いっきり羽目を外していたらしいです　無礼講《ぶれいこう》です　百姓たちにガス抜きさせて一揆《いっき》を防ぐ政策とかもいわれてますけど　そういうときは乱交パーティーですよね　もう無秩序な　顔の美醜《びしゅう》も関係なくなるように　仮面を付ける習わしをつくったり　泥塗《ぬ》ったり　うどん粉《こ》塗り合ったりを祭りのなかに組み込んでたらしいですね　だから私も　そういう昔の習わしに従って年に一度師走《しわす》の時期

に　ハプバーに行くことにしていたんです　そうすればまた来年から一揆のようなものをおこさずに真面目《まじめ》に仕事が頑張れる気がして　あ　ハプバーっていうのはハプニングバーっていって　行ったことある方いらっしゃいますよね？

主婦、観客からの反応を待つ。

主婦　ほんとにすごく簡単に言えばハプニングが起きるかもしれないバーなんだけどハプニングっていうのが性行為ですね　それである年　また例年通り師走にハプバー行ったんですね　そのとき　三人でセックスをしたんです　私は　ま　ベース二人なんですけど　数回三人はしたことあったんです　三人より多いのはないです　いやー　昔の祭りみたいに無秩序な乱交とはやっぱりなかなかいかないですね　それぞれのお気持ちだったりお好みだったりハプバーに来た経緯《けいい》もあって昔の祭のような乱交パーティーなんてもう現代ハプバーでは無理ですよね

間。

主婦　で　あの三人のセックスなんですけど　女の人二人の男一人で　それまで私は女の人としたことなかったんですね　前した三人のときも　男二人に私　とい

う感じだったので　だから　そのときに女の人の身体に初めて触《さわ》ることができて　酔っ払ってちょっと記憶が定かではないんだけど飲んでるとき彼女も女性としたことはないと言ってたような気がします

主婦、一人で彼女との会話を再現する。
途中から彼女を演じているのか自分を演じているのかがわからなくなる。

主婦　「え　私やったことないんです女性と　まだ」
「え　そうなんですか　私も」
「え　なんか私たち顔似てないですか　あなたのほうがきれいですけど」
「え　やだ　ありがとう　あなたもすごくきれいですよ」
「でもほんとに似てるかも」
「酔ってるからかな　なんかそっくりかも」
「私ってこんなにきれいなんだ」
「うれしーい　きれーい」

主婦、ソファーに倒れる。

主婦　私は彼女の身体に触れ　それは彼女を喜ばせるためだけではなくてそれよりも自分の手を喜ばせるためで　どうしてこんなに柔《やわ》らかくて気持ちいいんだって思って　彼女も私の身体を触って自分の手を喜ばせていて　ちょっと膝《ひざ》のほうに剃《そ》り残した毛があって　それがすごくかわいいと思って　私と同じだなって私もここに来る前カミソリで急いで剃って来たので　膝はボコボコしてるのでさりにくいんですよ　彼女のことなんかすごい好きって思ったんです　一緒にプレイルームに入った男性は私たちの間に入る隙間《すきま》がなくて困った感じに笑ってただ見ていました　これまで　なんで男性が好きだと思ってきた　思わされてきたのか全然わからなくて　女性は本当はみんな女性が好きなんじゃないかって　そっちのほうが本当は普通っていうか　生き物として自然なんじゃないかって　だってみんな自分のことは大事じゃないですか　これまで男に女同士の関係は切断されてたってなんかわかったような感じかしたんです

主婦、徐々にソファーから滑り落ちていく。

主婦　本当のところ男性の存在を気にする暇《ひま》がないくらい彼女の柔らかい身体が素晴らしくて完全に周りが見えていなくて　私たちはこれまでのセックスでこんな風に手をつかったことがなかったんじゃないかなって　好きでもないペニスばっかり

握らされて　私たちはいつでも柔らかい側で自分よりも硬いものばかり相手にさせられてきた気がする　そのことを疑うことなく自分が柔らかいと思われることに満足し　柔らかい私　柔らかいと思われる自分に欲情してきた気がする　だけどいま私は硬いものを経由しなくても自分の手が柔らかいものに触れることで自分の手を喜ばせてて　ダイレクトに私は私を喜ばせることができているって感じててそれで私そのことにすごく感動してて　涙が出そうで　顔も私たち似ていたので自分に大事に抱きしめられて　自分を大事に抱きしめ返して　それは　それは

わからない者、登場。
ソファーに座る。
主婦、真顔《まがお》でわからない者の隣に座る。

主婦

ハプバーの帰り　朝　始《し》バスに乗って家に帰ってたんだけど　私含めて　バスには三人くらいしか乗ってないのに　なぜか私の隣になんかやばい人が座ってきて　わからないけどなんか　やべーやべーって　もしかすると　私いま殺されるんじゃないかって思って　逃げたいけど　こっち側は窓だし　やばい人が座っててこっちは通れないしって感じで　必死でなんでもない感じを装《よそお》うんですけど本当に死ぬんじゃないかと思って　死ぬときなのに　こんな風に平気

ハチが教室に入ってきたときもみんながきゃーきゃー言って逃げるのに　私は平気な顔してたんですね　それが正解の行動だと思って　ある意味正解なんですけど　きゃーきゃー言うとハチ刺してくるから　あとなにより　なんか逃げるの恥ずかしいって思ってたんです　でもそうやって逃げないで刺されることもありますよね　そういう風に死ぬ前なのによくわかんない恥のせいで平気なふりして殺されるのかって　ニンゲンってそういうものなんだって思ったし　なんでハプバーなんか行ったのかなって　さっきハプバーでした　女同士のセックスの罰《ばち》があたったんじゃないかって　調子にのってたなって　すっごい気持ち良かっただけに余計にそう思えたのかもしれない　ケロッグ博士じゃないですけどそういう性《せい》ってほんとにこわいものなんじゃないかと　私の計り知れない力を感じると言うか　私ってそういう性にものすごく軽率だったのかなと　同性愛とか不自然なことはしないほうがいいと　あの私は無宗教なんですけど　でも神様に背《そむ》いたんだって　このとき　本気でそういうことを思ったんです　このときばかりはコーンフレークお清めの塩みたいに振りかけたい気持ちでした

わからない者、退場。

主婦

なんともなかったんだけど　こんな自分のなかで激動の夜更《よふ》けから夜明《よあ》けがあって　なんかちょっと自分が変わったという感じがあったんですね　それで私はなんでかとにかく本気で自分の子供をつくろうって思って　ただただ受精したくて　人工授精かなって思ったんです　でも私って授精のスペシャリストなわけですから　プライド持ってプロフェッショナルな仕事これまでしてきたので　自分の受精となったときに人に任せるのって変じゃないですか　プロ意識ですよね　美容師さんも一流の方ほど自分で自分の髪切るって言うし　歯医者さんも一流の方ほど自分の歯自分で治療したりするらしいですね　だから　私も精子さえあれば　自分でやれるじゃないですか　実際　プロじゃなくても　セックスレスのカップルが子供ほしいときにも　精子を　注射をつかって自分の子宮に　ちゅーって注入する方法がありますし　アマゾンで手軽にその注射器のキット買えますから　自然って言えば　誰かと交尾をすればいいんでしょうけど　コンドームをせずに挿入《そうにゅう》して射精してもらうまでの関係をつくるのにどのくらい時間がかかるんだろって　ハプバーではコンドームを付ける決まりなので　だって病気をもらうかもしれないし　だから生殖はないの　それになんかそうやって　誰かの顔の見える相手の子供を妊娠するのって私にとっては変だなって思っちゃって　職業病かもしれないですけど　ウシは相手のウシがどんなのか知らないで私に精液注入されて子供産みますよね　私はもうそれを

見慣れてたので　相手の顔を見て好きとか言い合って交尾して受精するという
ことに馴染みがないというか　ものすごい特別感があって　っていうか生の
ペニスってなんかこわい　きれいに洗ってもなんか抵抗があります　だから
もうウシのときみたいに精子買えばと思ったんだけど　日本の精子バンクだと
既婚者しか精子買えないみたいで　私まだ結婚してなかったので無理だし
精子だけ誰かにお願いして採取すればいいのかもしれないけど

主婦、テーブルの上のタッパーの蓋《ふた》を開けて一人の観客（男性）に向かって差し出す。

主婦　ここに出してください

主婦、一人の観客（男性）の反応を待つ。

主婦　って言って持って帰るのもねえ　おすそ分けじゃないんだし　こういうこと
お願いできる友達もなかなかいないというか　というときにデンマークで精子
の通販をやってるのを知ったんです　空輪で世界中どこでも届けてくれるみた
いで　あ　買えるじゃんって　ウシの精子のカタログみたいに　ネット上に精
子の　人種　肌の色　目の色　髪の色　身長　体重　靴の大きさ　学歴とか録

音した声まであって　好きな精子を選べるんですね　でも一番大事な項目って精子力《せいしりょく》なんです　精子力が高いと値段も高いんです　なんか響き的に女子力《じょしりょく》に似てますけど　精子力っていうのは　精液の中に何匹精子がいるとか　運動率とかのことですけど　精子力が高いのだと日本円で二十万円近くするんです　そのサイトで物件探しみたいに　自分の希望を入力して好みの精子をサイト内で絞《しぼ》り込み検索できるんですけど　まず私はなんか日本人がいいなって　私日本語しかつかえないしたぶん一人で日本で育てることになると思って　私が中学生のときに同級生に黒人と　私のような日本人のハーフの女の子がいたんですけどすごいいじめられてて　すごい日本人っぽくない後ろにぱーんって突き出してるお尻をしてて　日本人ってお尻薄っぺらいじゃないですか　私のお尻の三個分くらい後ろに突き出してて　すごい目立ってて　体育のときみんな同じハーフパンツを穿《は》かされてたんですけど　私なんかゆるゆるなんですけど　その子はぱつんぱつんで　パンツのラインがくっきり透けてて　なんかケンタウロスって呼ばれてたんです　そのとき流行ってた戦闘ゲームのキャラクターに　女の子のケンタウロスのキャラがいて　ケンタウロスって後ろにお尻が突き出してるじゃないですか　そのキャラ　あんまり強くなくてなんか異様にエロいんです敵に殴られると　ああ　って喘《あえ》いで　子供って本当に残酷《ざんこく》だなと思いますけど消しゴムぶつけられて　エロい声出せよケンタウロス　とか言われたりして

そのケンタウロスちゃん何言われても無表情なんです　コンプレックスの塊《かたまり》で顔を固められて表情を失《な》くしちゃったんですね　だから日本でそういう普通じゃない見た目で生きて行くのってけっこう酷なのかもって自分のなかでイメージがあったので　ま　韓国人とか中国人でもわかんないのかもしれないんですけど　私は日本人の精子がいんじゃないかなってなんとなく日本にチェックを入れてて　あとは身長や体重や精子力のバランスで　送料とか諸々《もろもろ》込みで日本円で十万円くらいの精子を買うことにしたんです　ティッシュに丸めて捨てるものを十万円で買うの　びっくりびっくりって思われる方もいると思うんですけど　でもこれで新しい命つくるんですからね　安いんだか高いんだか少子化なんで　補助金とかくれてもいいくらいかもしれないですね　あ　うちパピヨン飼ってるんですけど　たしかそのパピヨンもペットショップで十万円ちょっとだったので同じくらいですかねえ

主婦、イヌがいないことに気が付く。

主婦　ハワイちゃーん　ハワイちゃーん　ハワイちゃーん

主婦、退場。

パロドス

コロス、登場。
音楽、流れる。

コロス

ヒトの乳は母乳
ウシの乳は牛乳
だけど牛乳だって母の乳首から出てる
牛乳だって母乳
オスは乳を出せない
オスの乳首はなんのためにあるの

乳を出せないならただの飾り
無駄　無駄です

乳でないオスはどうなるのです？
オスなんて狂暴だし迷惑
麻酔なしで去勢　去勢
二束三文で売られて
豚肉とごちゃ混ぜにされ　安いミンチ　合い挽き　合い挽き
イヌに食われるビーフジャーキー
メスだって辛い
ババアになって乳が出にくくなれば
殺される　グッバイ
ババアの肉は食えない　革製品　あなたの財布
生きるも死ぬのもどっちでもいい
どうせ血も乳も精子も搾《しぼ》り取られるのが運命

ハム　しゃぶしゃぶ　焼肉　すき焼き　ステーキ
ステーキハウス黒毛和牛が笑ってる

チーズ　バター　練乳　ソフトクリーム
アイスクリーム屋さんホルスタイン笑ってる
でもほんとは黒毛和牛もホルスタインも
そんなこっちゃどうでもいいし知ったこっちゃないから
笑わない　笑わない
ケンタウロスは大人になって笑ってるかな
ケンタウロスは絶滅の危機　追いやられても
笑わない　笑わない
死んでも　笑わない
生きてても　笑わない
どっちでも　笑わない
笑わない　笑わない

音楽、止む。
コロス、以後登場したまま、全ての場面を目撃する。

第一エペイソディオン

チャイムが鳴る。
主婦、登場。
モニター付きインターホンの通話ボタンを押すような動作をする。

主婦　はい　どちらさまでしょうか

モニター付きインターホンで撮影されたような映像（獣人とイヌの顔のアップ）が、舞台上のスクリーンに映し出される。

獣人　あ　すみません　こちらお宅のワンちゃんですか
主婦　あ　そうです
獣人　近所で迷子になってたようなので連れてきました
主婦　あ　ほんとですか　すみません　ちょっと待ってください　いま鍵あけますね

映像、消える。
主婦、退場。
間。
主婦、獣人、イヌ、登場。
獣人、ロングコートを着て、鞄を持っている。
イヌ、ピンク色の服を着ている。

主婦　どうぞどうぞ
獣人　おじゃまします
主婦　ほんとすみませんね　親切に　ありがとうございます
獣人　いんですいいんです　たまたま通りかかったので
主婦　あれ　いないなってちょうど思ったところだったんですよ　いまお茶入れますね　どうぞ座ってください　コートいいですか　掛けときましょうか

獣人　大丈夫です　ありがとうございます

獣人、ソファーに座り、鞄《かばん》を床に置く。

主婦、キッチンから、お茶の入ったティーカップ二つとクッキーの盛られた皿をトレイに乗せて、持って来る。

ローテーブルの上に、それらを並べる。

獣人　あー　でも良いお家ですね

主婦　えー　そんなそんな　普通の家ですよ

獣人　素敵な暮らしなんでしょうね

主婦　いやいや最近はずっとスマホいじってるだけです

獣人　目が悪くなっちゃいますよ　眠りも浅くなるらしいですし

主婦　そうそうそう　そうなんですよ　でも止《や》められなくて　知りたいことがあるとすぐ検索しちゃって

獣人　目が悪くなることと　知識が増えることは反比例してるってことですね

主婦　そうですね　賢くなるのに目が悪くなって　もう目がしぱしぱしちゃうんでエンキンっていうサプリ飲んでるんですよ　ファンケルの

獣人　本当に賢くなるってどういうことなんでしょ

イヌ、笑う。

主婦、エプロンのポケットからビーフジャーキーの入ったジップロックを取り出し、そのなかのひとつを遠くへ投げる。

イヌ、投げられたビーフジャーキーを取りに行く。

獣人　かわいいですよね
主婦　ありがとうございます　ハワイちゃんっていうんです
獣人　メスですか
主婦　男の子です

主婦、イヌを撫でる。

イヌ、笑う。

主婦　(イヌの服を示し)　こんなのかわいすぎるかしらって思うんですけど　虚勢《きょせい》してるし　いいかしらって思って
獣人　なんでハワイちゃんなんですか
主婦　ハワイって気持ちが明るくなる言葉だと思うんですよ　歴史はいろいろありま

したけど　みんなハワイ好きじゃないですか　お正月に芸能人がよく行ってるのテレビでやってましたよね　だからですね　ちょっとというかだいぶ馬鹿みたいなんですけど　でも血統書付きの小型犬をペットショップで買って　洋服を着せて喜んでる時点でわりとある種の人たちからはちょっと頭が良くないのかなって思われることかなと思うんですよ　ヨーロッパにかぶれたようなカフェのテラス席とかに絶対いるじゃないですか　ちっちゃいイヌ連れてる人　もう複雑ですよね　そうやって馬鹿にしてるのに私もこの子とテラス席に座ってしまうんですよね　ハワイだけじゃなくてヨーロッパも好きなんですよね　あこがれちゃってるんですかね　だからもうこの際開き直っちゃえって　この子の顔見てびびびっとハワイかなって

獣人　そうですか

主婦　こうやって撫でてれば　オキシトシンも出るみたいですし　オキシトシンっていうホルモンが出ると健康にも良いんですよ

主婦、イヌを撫でまわしている。

イヌ、笑っている。

獣人　失礼ですが　なんだか　あなた疲れてらっしゃるみたいですね

主婦　そうですか　目はだいぶスマホで疲れていますけど
獣人　魂が疲れてらっしゃるみたい

獣人、主婦の頬に触れる。

主婦　え（笑う）
獣人　私は普段　山のほうで女性たちだけで集団生活をしているんです
主婦　あ　ああ　すごい　ロハス的な　フェミニスト的な　コミューン的な
獣人　人工授精で子供をつくって育ててまして
主婦　おー　えー　精子はどうしてるんですか
獣人　神がお授《さず》けになった精子を注入しています
主婦　神って　なんですか
獣人　神は私の近くにいつもおります
主婦　え　ええ　どこだろ
獣人　あなたには神が見えませんか
主婦　え　見えません
獣人　目が疲れているから
主婦　あそう　すみません　エンキン飲んでるんですけど

獣人　神に癒《いや》される必要があります
主婦　いやー　私は神だとか宗教とかはちょっとわかんなくて　すみません
獣人　私たちはミルクやバターや肉をつくっています
主婦　ああ　牧場の方　神っていうのが種牛《たねうし》のことなんですね　あ　女性たちって
お乳出すメス牛のことですか　もうやだ　ニンゲンみたいに言うから　私は
以前酪農農家のほうで働いていまして　そっちのほうは詳しいですよ　結婚して
辞《や》めたんですけど
獣人　そうでしたか　だからですね　ウシの憎しみがあなたにも取《と》り憑《つ》くいているよ
うです
主婦　え　私に取り憑いてるんだったらあなたも取り憑いてますよね
獣人　私は取り憑く側です
主婦　は？
獣人　あなたはもっと自分のことを大事にされるべきです
主婦　え　めちゃめちゃ大事にしてますよ
獣人　していないんです
主婦　どうしてあなたにわかるんですか
獣人　神が教えてくれました
主婦　え　ただの種牛ですよね

獣人　あなたには神が見えないのですか

間。

主婦　え　なんなんですか　見えないです　え　薄々感じてたんですけど　牧場と見せかけた宗教でしょうか　私いま宗教の勧誘をされているんですかね　そういうのは　あまり興味がないので　すみませんけど勧誘しても無駄です　ちょっとほんとはさっきからちょっとトイレ行きたくて　ちょっといったん失礼します　最近ちょっと近くて　すみません

主婦、退場。

第一スタシモン

音楽、流れる。

コロス　傷ついたお前はなんのために母を訪ねてきたのか
母はお前を捨てて日夜スマホを見ている
本当かも疑わしい情報で頭が忙しい
小賢しいことは知恵ではない

獣人　私は私の精液を母の子宮に泳がせ
私は私の生まれ変わりを母に産ませて

私は私の母の乳首に吸いつき飲む
噴き出すその白い液体を
私は私の魂をそして救ってあげたい

コロス

うつくしいお前は復讐ではなく癒しを求めている
母はお前を捨てて日夜ハワイを撫でてる
物欲を刺激され消費に走るも満たされぬ
小賢しいことは知恵ではない

獣人

私は私の精液を母の子宮に泳がせ
私は私の生まれ変わりを母に産ませて
私は私の母の乳首に吸いつき飲む
噴き出すその白い液体を
私は私の魂をそして救ってあげたい
そして　母の魂も救ってあげたい

音楽、止む。

第二エペイソディオン

主婦、登場。

主婦　すみません　お待たせしました
獣人　たくさんの祖先たちの魂と共に歌を歌っていたので大丈夫です
主婦　え　それ　どういう意味ですか
獣人　そのままの意味です
主婦　ちょっとわからないんですけど
獣人　私はあなたがトイレに行っている間《あいだ》そうしていた　と言ったんです
主婦　え　だから　それはなんなんですか　なに教ですか

獣人　うちは牧場です
主婦　ウシだからヒンドゥー教の関係ですか
獣人　いいえ　違います
主婦　え　じゃあなんですか　スマホで検索してもいいですか

主婦、スマートフォンをエプロンのポケットから出す。

獣人　なにを検索するんですか
主婦　宗教の名前です
獣人　検索しても出てこないと思います
主婦　え　すみません　今更《いまさら》ですけど　お名前なんですか
獣人　私の名前をつけてください
主婦　え　それ　どういう意味ですか
獣人　そのままの意味です
主婦　えだから　ちょっとわかんないんですけど
獣人　私は私の名前がわからないんです
主婦　なんではぐらかすんですか
獣人　はぐらかしていません

主婦　お答えしたくないなら結構ですけど
獣人　答えたいんですけど　母がつけてくれなかったんです
主婦　そんな人いるんですか
獣人　ここにいますよ

間。

主婦　なんか会話になってない感じがするんですけど
獣人　会話してるじゃないですか
主婦　なんかこわいです
獣人　疲れていらっしゃいますね
主婦　いえそうではなくて　大丈夫です
獣人　バターマッサージが必要ですね
主婦　え　なに　オイルマッサージではなくて
獣人　うちの牧場でやってるものなんですけど
主婦　気持ちいいんですか　マッサージ　好きなんですよね
獣人　はい　バターマッサージはウシにとっての究極の癒しです
主婦　なんだ　ウシ用なんですね　ウシにマッサージするんですか

獣人　いえ　バターマッサージはニンゲンもウシも受けることができます　あなたがバターマッサージを受けウシの気持ちを癒すことで結果的にあなたも癒されます

主婦　あ　へー　でも癒しはハワイちゃんにお願いしてるので大丈夫です

主婦、イヌを触ろうとする。
獣人、それを制止する。

獣人　ですからまずあなたへの癒しではなくて　バターマッサージはあなたを恨《うら》むウシへの癒しです　このイヌを愛でてもウシには関係ないんですね

主婦　え　なんなんですか　ウシの癒しって　なんか私のこと反省させて入信させる作戦ですか　私は酪農で働いてましたけど　肉食べたり牛乳飲むのは　私だけじゃないですよね　だから誰でもウシには恨まれていますよね

獣人　そうですね

獣人、ローテーブルの上にあるクッキーを一枚手に取る。

獣人　このクッキーにもバターがたくさん使われているようですが　ウシの癒しを

求める声が先程《さきほど》からずっと聞こえています　このジャーキーも非常にうるさい

獣人、主婦のエプロンのポケットからビーフジャーキーの入ったジップロックをもぎ取り、投げる。

主婦　え　ギャグですか　私には全然聞こえません

イヌ、ジップロックを拾い、ビーフジャーキーを勝手に食べる。

主婦　コラ

獣人　ご存じかと思いますが　通常の家畜のウシって非常にニンゲン本意に飼育されていますよね　ですから多かれ少なかれニンゲンに対しての憎しみが　代々遺伝子レベルで肉に乗り移ってしまっているんです　だからニンゲンの口に入ったときに肉がきゅっと憎しみで固くなって旨味を出さないようにするんです　そのことにある日　神は焼肉を食べているときに気づいたのです　その憎しみを癒すことを始めました

主婦　え　ウシが焼肉食べるんですか

間。

主婦　え？

獣人　まず　生き物は　誕生が一番大事なんです　家畜のウシって人工授精で繁殖させられていますけれど　そのとき肛門に手を突っ込まれますよね　あのときとても彼女たち不快なんです　そういう母の不快感が受精卵にも伝染してしまうんですね　先程も言ったように私たちは女性の集まりですから　神しか精子を持っていないんですね　それでやはり受精は人工授精なんですけど　なるべくリラックスした状態で人工授精することが大切なんです　受精卵にこんな世界なら産まれたいと思ってもらわないといけないんですね

主婦　え？

獣人　まず　私たちは精液を注入する前に　バターマッサージします　バターマッサージはすべての基本です　ことあるごとにバターマッサージで癒します　通常のマッサージオイルではなくてミルクからつくったバターマッサージ用のバターを使います　このバターも私たちがつくっているものです　ミルキーな良い匂いがします　バターがじんわりと溶けるような暖かい部屋でじっくりじっくり身体の表面でバターを溶かしていくようにマッサージしていきます　バターが皮膚表面から毛穴を通ってじっくりじっくり身体に吸収されて　バター

が身体の外側も内側にも愛を伝えます　それで内側も温まってきますと　じんわり汗をかきますので咽《のど》の乾きを潤《うるお》すために母乳を飲ませます　これまでウシは母乳をニンゲンに搾取されてきたので　次はそのことを癒すんですね　この母乳もバターマッサージを受けて癒されたウシの乳です　バターマッサージを受けると肛門も柔らかくなってぽかーんと　口《くち》同様開きますから　手を入れられても不快ではないんです　もはや快感なんですね　そしてようやく神の精液を注入します　そういうふうにバターマッサージで癒された状態で妊娠していただき魂の産み直しを繰り返していますと　肉は驚くほど柔らかく旨味《うまみ》たっぷりになってきましたし　乳はまろやかで甘くなってきております

主婦　え　それは　ちょっと食べてみたいかもしれない

獣人　でも外部のニンゲンの口に入れるわけにはいかないんです　だって　口に入れて　舌で触れて　噛《か》んで　飲み込んで　消化　吸収するんです　そんなことを私たちの暮らしを理解していない外部のニンゲンがしてしまうと　乳や肉が途端に警戒します　そしてせっかくここまで代々遺伝子レベルから癒してきたのに　その一回のストレスのせいで　また一からやり直しになってしまうんです

主婦　はあ　なるほど　そういう理論なんですね　あの失礼ですけど　もしかしてそうやって食べてみたいって　気持ちをくすぐって　入信させようとしてるんですか

獣人　私はただ牧場のニンゲンにしか食べさせることができないと言っているだけです

主婦　なんか私の友達が前に宗教だかネズミ講だかに洗脳されて私もなんか化粧品買わされたことあるんですよ　ホルモンが出て若返るとかいう

獣人　私は何も買わせる気はありません　私たちはお金なんかいりません　飲み物も食べ物も自分でつくってますから　そういうものとは違います　私がほしいのはそんなものじゃないんです

主婦　じゃあなんなんですか

主婦、イヌを撫でまわす。

イヌ、笑う。

獣人　あなたはそのイヌを触ることでオキシトシンを出して健康になっているおつもりかもしれませんが　バターマッサージを受ければ　そんなものまやかしだったとわかりますよ　バターマッサージで癒されて　バター

主婦　（遮るように）　バターマッサージはもういいですよ　なんなんですか　私のこと馬鹿にしてんでしょ

イヌ、驚いてどこかに逃げていく。

獣人
主婦

あなたのことを救いたいんです　そんなまやかしではなく根本的に根本とかよくわかんないですけど　まやかしじゃないですか全部　なんか私すべてまやかしだと思うんですけどインスタとか見てると　セレブが捨てられたイヌの保護施設とか行ってるじゃないですか　ほんとひくんですそういうのイヌはかわいそうだけど　お金かけてイヌ助けてどうするのって思っちゃうんです　たぶんお金持ってる人は不安なんですよね　誰かにねたまれて引きずり落とされるんじゃないかって　だから良いことしてるところ見せなきゃって思うんです　それで余った金を動物のためにつかって　もっと助けなきゃいけないニンゲンがいますよね　動物が喋んないから動物にお金つかうんですよね　ニンゲンなんて的外れな助け方すれば文句言われるわけですよね　その点動物は喋んないので的外れかどうかよくわかんないけどかわいい顔してるしなんとなく良いことしたような気持ちになって　お金を気持ちよくつかえるんですよ　そういうかわいそうでかわいい動物は金持ちに安眠を与えるツールなんですよね　そういうのが本当に一番嫌い　どう考えてもニンゲンのほうが大事でしょ　そういう風に世界が成り立ってるんですよ　それを変えることなんてできないんですから　だから中途半端なことしてないでペットショップでイヌ買って　ペットショップやってるニンゲンを救おうよって感じなんです　この

パピヨン私十万円で買ったんですペットショップで　私のしてた仕事だって
ニンゲンのために必要ですよね　もっと感謝されたいくらいです　それこそ
まやかしじゃなくニンゲンの役に立ってます　だって肉も牛乳も安定してほし
いですもん　それをどうこう中途半端に言われたくないです　あなただって
食べるためにつくってるんでしょ　バターマッサージなんてそれこそまやかし
ですよ

獣人　あなたはパピヨンをペットショップで買う前にデンマークから十万円の精液を
取り寄せて買いましたよね

主婦　なんで知ってんですか　個人情報流出してる　こわい

獣人　神から聞きました

主婦　神ってなんですか　精子出すウシですよね　あなたたちの宗教ってハッキング
とかしてるんですか　私の携帯ファーウェイだから怪しいと思ってたんですよ
こわい　アイフォンにしなきゃ

第二スタシモン

獣人　あなたはデンマークから取り寄せた精液をどうしたんですか

音楽、流れる。
映像、日本人と思われる見た目をした若い男性のポートレートがスライドショーで、スクリーンに映し出される。

コロス　あなたはあなたの欲望が誰も傷つけることのない安心安全なものだと言い切れますか　あなたはあなたの内なる黒いちからがあることを忘れていませんか
あなたはあなたの内なるものに耳を傾けていますか

メイドバイジャパニーズナショナル精子

海の向こうのデンマークからお取り寄せした高級品
メイドバイジャパニーズナショナル精子

デンマークの日本人男性はそれを日本円にして九千円で売る
メイドバイジャパニーズナショナル精子

彼の名前は
田中？　山田？　鈴木？　佐藤？　長谷川？　太郎？　健太？　翔太？　一郎？　洋介？

目的は
人助け？　お小遣い？　生活費稼ぎ？　世界征服？

みんなお母さんに母乳を飲ませてもらったから今度は精液で恩返しかもしれない
液体の交換　それは　愛の交換

アメリカではある男が毎日のように精子バンクに精子を提供　その街にその男の腹違いの子供たちが異常繁殖し　その街の子供たちはその街で恋愛しないよう街を出て行った　近親相姦《きんしんそうかん》　血の濃い子供は危険だから
メイドバイイジャパニーズナショナル精子

近いのが良くないなら日本ではなくもっと遠い国の精子を選べばいいのに
メイドバイイジャパニーズナショナル精子

だけど同級生のケンタウロスみたいにしたくなかったから
メイドバイイジャパニーズナショナル精子

主婦

私は　十万円の精液を　腋《わき》に挟《はさ》んで自然解凍して　それを自分ではなくて　発情したメスがいたんで　そのメスに注入しちゃえって思ったんです　十万円もしたのに　普通に考えたら　十万円をドブに捨てるの？　びっくりびっくりって思われるかもしれないけど　なんかもしかするとこれはいけるぞって思ってだから十万円ドブに捨てるような気持ちではなくて　むしろ私より若く健康な彼女のほうが受精しやすいんじゃないかって思ったくらいで　十万円を有効に消費する道をみつけたというか　ニンゲンとウシを　隔てる境界線が私のなかで

あいまいになっていたのかもしれません　あと　ちゃんとしたところから買ったとはいえ　どこのウマの骨ともわからない男の精子を自分に注入することが生理的に気持ち悪いって土壇場《どたんば》で思ってしまって　ウシみたいにはいかないですね　でもドブに流してしまうのはもったいないし　ウシでもせっかくの精子だから子宮に流したほうがいいじゃないって

獣人
……

コロス
あなたはあなたの欲望が誰も傷つけることのない安心安全なものだと言い切れますか　あなたはあなたの内なる黒いちからがあることを忘れていませんかあなたはあなたの内なるものに耳を傾けていますか

メイドバイジャパニーズナショナル精子

母が黒人　父が黄色人の混血児ケンタウロス　表情を無くしたケンタウロスみんな同じでないといけないと教えてくれたケンタウロス　ケンタウロスを反面教師に　ナショナルな精子をわざわざ選んだ

メイドバイジャパニーズナショナル精子

それなのに母がホルスタイン　父がニンゲンの混血児をつくるなんて　日本どころかこの世界中どこでも生きて行くことが困難
メイドバイイジャパニーズナショナル精子
だけど　みんな本当はケンタウロスに魅了されていた　みんなケンタウロスの肉体に魅了されていた　その美しさを恐れながら　恐れるほどに魅了されていた

主婦　もしニンゲンとウシで子供ができるのなら見てみたいし　純粋に　本当に純粋に答えてください　ニンゲンとウシのハーフ　そんな生き物見てみたいですよね　ね

獣人　……

主婦　ね　たぶん誰でも見てみたいんですよ　興味あるじゃないですか　こわいもの見たさってあるじゃないですか　たぶんもしいたら動物園ですごい人気になると思います　だって昔ヒョウとライオンのハーフのレオポンっていうのがいて　レオポン見るためにみんな動物園に並んだんですよ　知ってますか

獣人　……

コロス

あなたはあなたの欲望が誰も傷つけることのない安心安全なものだと言い切れますか　あなたはあなたの内なる黒いちからがあることを忘れていませんか
あなたはあなたの内なるものに耳を傾けていますか

処女なのは
ウシ

肛門から手を突っ込まれてるのは
ウシ

子供を産まされ続けるのは
ウシ

フェラチオをするのは
ニンゲン？
ウシ

ある深夜　ニンゲンの専売特許だと思っていたフェラチオをするウシがいる

ことを彼女は知った

深夜　牛舎　横になっている私に　農夫は勃起《ぼっき》したペニスを露出させ私の口元に差し出す　勃起したニンゲンのペニスは母ウシの乳首に似ている　母の乳は私のもののはずだけど　そうではなくて　搾乳機で絞られ　その乳はニンゲンに飲まれる　それはニンゲンのもの　私のものではない　ニンゲンのもの　母親の乳をニンゲンに奪われて　毎日粉ミルクを飲んでいた私は　夢にまで見たあの母の乳首かと　夢中で農夫のペニスに吸い付いた　必死で吸い付いたけれど　いつまでたっても　乳は出ない　農夫は絶頂に達し　母乳ではなく　私の口の中に精液を漏らした

彼女はそれを目撃したことは自分の中にしまい込んで　直腸に手を突っ込みウシの子宮に精液を注入する職務を遂行し続けていた

ただし　いま　その精液は　デンマークから取り寄せた
メイドバイイジャパニーズナショナル精子

主婦

子供のとき　金魚鉢を菜箸でくるくるかき混ぜたことがあって　お母さんが料理

獣人

してるのを後ろから見ていて　ボールのなかで卵を菜箸でちゃちゃちゃちゃーって
かき混ぜてたんです　それで黄身と白身が混ざるのを見ていて　すごい　私も
やってみたいなって思ってしまって　だから　菜箸を台所から持ち出して
金魚鉢をかき混ぜてみたんですね　金魚がくるくるまわってて　だけど全然
水と金魚が混ざらなくて　もっと早く混ぜたら混ざるのかなって　どんどんどん
どん　早くかき混ぜて止められなくなって　どうしても止められなくなってし
まって　水と金魚が混ざるところが見たくて　それで気が付いたら金魚が目を
まわして死んでました　なんで殺しちゃうんだろう　わかりますか
……

コロス

あなたはあなたの欲望が誰も傷つけることのない安心安全なものだと言い切れ
ますか　あなたはあなたの内なる黒いちからがあることを忘れていませんか
あなたはあなたの内なるものに耳を傾けていますか

ホルスタインの卵子と
メイドバイジャパニーズナショナル精子
は無事受精
上半身がニンゲン　下半身がホルスタインの生物が産まれる

ケンタウロスの
ウシバージョン
上半身がニンゲン　下半身がホルスタインの生物が産まれる
メイドバイジャパニーズナショナル精子

音楽、映像、止む。

コロス
あなたはあなたの欲望が誰も傷つけることのない安心安全なものだと言い切れますか　あなたはあなたの内なる黒いちからがあることを忘れていませんか
あなたはあなたの内なるものに耳を傾けていますか

獣人、ロングコートを脱ぐ。
ウシの下半身が露《あら》わになる。
股間《こかん》には、大きな突起物がある。
主婦、悲鳴を上げる。

コロス　彼はそのちぐはぐに苦しむ　だけど誰だって自分の中に獣《けもの》を飼っていることに
変わりない

獣人　私の家畜は私　私は生きている以上私という獣を飼い慣らさなければいけない

主婦、テーブルの上のコーンフレークを自分の頭へふりかける。

主婦　私の家畜は私　私は生きている以上私という獣を飼い慣らさなければいけない

第三エペイソディオン

主婦　目が疲れすぎているのか　幻覚が見えてきちゃいました
獣人　大丈夫ですか
主婦　エンキン飲んでるのに
獣人　なにが見えますか
主婦　幻でもなにか見えれば目がよくなるってことなんですかね
獣人　目に見えるもののなにが幻でなにが幻でないのかの判断は難しいですね
主婦　あなたにペニスが付いているように見えます　女の人の顔なのに
獣人　私はこれを大きなクリトリスだと理解しています
主婦　え　これはペニスではないんですか

獣人　クリトリスが大きくなったものがペニスです　ですからこれは大きくなったクリトリスです　精液も出せる便利なクリトリスなのです

主婦　え　それは

獣人　あなたの目が変われば　見えるものだって変わるのです　それからどうしたんですか　あなたはそのニンゲンとホルスタインのハーフを　私が手伝いますから　あなたの見たいように私をつかってください

主婦、回想を始める。
ここは、主婦が独身時代に住んでいた木造のアパートである。
主婦、エプロンを脱ぐ。

主婦　私これでも頑張ったんですよ　産まれてすぐ家に持ち帰って　ウシってすぐ歩くから

コロス、一方がどこかに固定されており、もう一方が輪になっているヒモを、主婦に渡す。
主婦、獣人の首に輪をかける。

主婦　こんな感じで　家の柱にヒモで繋《つな》いでおいたんです　まだ独身だったんで部屋

もこんな広くなくてワンルームで超狭くって　児童虐待って思われるかもしれないですけど　でもしょうがないですよね　ウシだから　ヒモで繋ぎますよね

獣人、泣く。
コロス、粉ミルクの入った哺乳瓶を主婦に渡す。
主婦、哺乳瓶を受け取り、獣人に粉ミルクを飲ませる。

コロス　母は乳首を持っている　しかし生物学的に母ではないから　母乳を出せないこれまでウシをいっぱいつくって　ウシの乳首から乳を絞り取ってきたが自分の乳首からは母乳を絞り出すことはない

獣人、暴れ出す。

コロス　ウシとニンゲンの成長のスピードは違う　三歳になったとき　上半身のニンゲンの頭はまだまだ子供なのに　下半身はもう大人になっていて　下半身のウシの欲望を上半身のニンゲンの頭はまだよくわからなくて　どうしていいのかわからない

主婦、エロ本を探す。

コロス　母はこれを教育しないといけない　教科書が必要だと　コンビニまでエロ本を
買いに行く　レジが外国人の男子で　なにこのエロババアって顔をされる　いや
これ息子のです　と言っても　息子のエロ本を母親が買いに行くわけないじゃん
エロ動画ネットで見放題ですよ　と言われるのかもしれない

コロス、エロ本を主婦に渡す。
主婦、暴れている獣人にエロ本を見せる。

主婦　ほら　これ買って来たよ　エロ本だよ　いいね　これ　この人　おっぱい大きい

主婦、エロ本に書かれている文章を絵本のように読み聞かせる。

主婦　でんま　しげきで　いかされた　あとに　まんじるで　ぬるぬるの　まんこ
に　おやじたちの　そそりたつ　ちんぽが　ね　エロいね　すごいね

主婦、獣人の手を取り、獣人の股間の突起物を握らせ、前後に動かすように促す。

主婦　はい　これで　こうこう　エロ本のエロに集中して　エロ本のこのエロい人と
お前はエロいことしてるんだよ　それで　そうそう続けて　良い子だね　上手だね

主婦、エロ本の読み聞かせを続ける。

コロス　こんなエロ本を求めていたんだっけ　そのために　自分の下半身は暴れていたん
だっけ　なにかを求め叫んでいたとき　それはもっと違うなにかだった　だけど
もうこのエロ本を教えられると　あれはこのエロ本のためだ　もうエロ本のこと
だとしか　この下半身の欲望をとらえることができない　もう彼はエロ本という
入れ物を与えられその中に閉じ込められてしまった　得体の知れないものを
入れ物の中へ閉じ込めることがニンゲンになるということ

コロス、獣人の股間の突起物から出たかのように白濁《はくだく》した液体を、ソースやドレッシングを入れる
ボトル状の容器を使い、噴射させる。

主婦　わー　すごいすごい　良くできました

獣人、ぐったりと仰向けに倒れる。

主婦、床に飛び散った液体をティッシュで拭く。
その後、横になる。

コロス　こんな液体を出すことを求めていたんだっけ　そのために　自分の下半身は暴れていたんだっけ　自分の身体の中にまだ包まれているとき　それはもっと違うなにかだった　だけど　それが体内から外に取り出された瞬間　自分の内側で暴れていた　そのもののかたちを見せられることになり　そのかたちを教えられると　あれはこの液体のためだ　もう液体のことだとしか　この下半身の欲望をとらえることができない　もう彼はこの液体のかたちを知ってしまった得体の知れないもののかたちを知ることがニンゲンになるということ

獣人、再び暴れ出す。
自ら股間の突起物を握り、前後に動かす。
主婦、起き上がる。

獣人　エロ本　エロ本　エロ本

コロス、獣人がエロ本と言う度《たび》に、液体を噴射させる。

主婦、その度にティッシュで拭く。

主婦　やめて　やめて　もう　汚い

獣人、やめることができない。

獣人　エロ本　エロ本　エロ本

主婦　やめてって言ったらやめなさいよ

主婦、獣人の手を突起物から離そうとする。

獣人、主婦の手を取り組み伏せ、強姦《ごうかん》しようとする。

主婦　やめて

主婦、なんとか抵抗し逃げる。

獣人、ヒモで繋がれているため追いかけることができない。

コロス、容器に残っている液体を激しく飛ばし中の液体を全《すべ》て出し切る。

獣人、倒れる。

主婦、倒れた獣人にコーンフレークをふりかける。

主婦　ほんとにエロ本をやっちゃだめなの　エロ本の中のことは　エロ本の中だけなの
エロ本は本当と違うの　あとお母さまが　やめてって言ったらやめて　やめて
だよ　やめて　やめてって言葉がわからないの　わからないなら　ニンゲン
じゃないよ　ニンゲンはニンゲンが嫌がることをやったらニンゲンじゃないの
ニンゲンはニンゲンの気持ちも言葉もわかるの　だからニンゲンなの　もう
ニンゲンとして頑張っていこうよ　ニンゲンみたいに

主婦、横になる。
獣人、泣く。

コロス　とにかく子供をつくらなくてはいけない　正しくならなければいけない　ホル
スタインのメスたちのように受精しなければいけない　と女は見えないなにかに
憑りつかれていた　だけどつくった子供は正しいとは到底言えない　ウシなのか
ニンゲンなのかもよくわからない　ソドミーを恐れ　ソドミーを犯す

コロス、主婦の映っている写真を主婦に渡す。

コロス　ソドミーを恐れ　ソドミーを犯す
ソドミーを恐れ　ソドミーを犯す
ソドミーを恐れ　ソドミーを犯す

主婦、起き上がる。

主婦　ねぇお母さまはちょっと出かけてくるけど　お前はニンゲンだから寂しくないよね　ニンゲンのやり方教えてあげるからね　動物にはできないことだよ　ここにお母さまの写真があるから

主婦、自分の映っている写真を獣人へ投げる。

主婦　エロ本と一緒だよ　寂しくなったらお母さまの写真を見てお母さまのことを考えてごらん　お母さまと一緒にいるみたいな気持ちになって寂しくないんだよ　だからニンゲンは一人でも大丈夫なんだよ

獣人　……

主婦　お母さまって言いなさい

獣人　おかあさま

主婦　ね　お母さまって言えるね　もうお前のなかにはお母さまがいるんだよ

ここは、ハプニングバーである。

コロス　それで私はお前を置いてハプバーに行ったの　またあの彼女に会いたくて　でもハプバーっていうのはそこで出会った人と連絡先交換したらダメだし　彼女の名前も職業もきいてなくて　それだけ知ってればどうにかフェイスブックで繋がれたかもしれないのに　それに今日行ってもいるかもわからないのに　私はとにかく彼女の身体を触りたくて

主婦、ソファーに座る。

コロス　ハプバーに着いたらやっぱり彼女はいなかった　でもひよこは初めて見たものを母親だと思って追いかけるし　だから私がひよこなら彼女を初めて見て追いかけてるだけなのかもしれないから

主婦　あの　私　とにかく女性とやりたいんです

コロス　こういうことを言っておくとハプバーのスタッフっていうのはそういうことになるように協力してくれるの　それで　一人で飲んでたんだけど　同じように一人で飲んでるおじさんから俺のちんこを見てほしいと言われて

主婦　あ　はい

コロス　って見たら見ただけでなにも面白さはなくて　普通のちんこなの　なんで見せたんだろみたいな　だからなんで見せたんだっけ　ってそのおじさんも私に見せて思っちゃったみたい　それで少し話した後トイレ行ってきますってそこに戻らないで別の席で飲んだり　もう私けっこういい年なのにこうやってハプバーなんかいて　はしたないババアだと思われているんだと思いながら

女子、登場。

女子　あ　どうも

主婦　どうも

女子、主婦の隣に座る。

女子　どうも　え　お姉さんレズなんですか　さっきなんかあの眼鏡《めがね》の店員さんからきいて　あの人なんか絶対売れないバンドのドラムみたいじゃないですか　あの眼鏡おかしくないですか　なんであああいうの選ぶんだろう　私あれを選ぶ人とは絶対に友達になれないと思っちゃうんですよね　ここの横のプラスチックの部分　あんな狭いスペースにチェックがプリントしてある意味が私にはわからないんです　まずあそこにチェックがあると私は目がちかちかしてあの人の話を真面目に聞くことがもう難しくなって　ぶっちゃけチェックって　スカートの柄《がら》を代表するものじゃないですか　チェックイコール布でしょ　チェックには布なんですよ　なんでプラスチックにチェックをプリントしちゃうんだろ　その意外性がおしゃれなつもりなんですかね　いやーダサいだろ　あっちからしたら私のチェックイコール布という意識がもう古いんですか　古典ですかあの眼鏡って古典の新しい解釈なんですか

主婦　ああ　なるほどー　面白いかもー

女子　どうでもいいんですけど私もレズ願望あるんですよ

主婦　あ　そうなんだ　私は自分がレズかはわからないけど　男の人とばっかりやってたし

女子　えー　そうなんですね　バイですか
主婦　あー　どうなんだろ
女子　あ　パンですか
主婦　パン？　私わかんないそういうの　ただ前女《まえ》の子とやったのが良かったから
またやりたいなって思ったの
女子　いいですね　いいですかやっぱり？　ぶっちゃけ男って女のツボをわかってない
人が多いじゃないですか　私彼氏《かれし》いるんですけど　好きなんですけどセックス
が良くないんですよその人　だから私ハプバー来ちゃってるんですけど　ハプ
バーってセックスが上手な人が多いなって思うんですよね　普通の人も割とい
ますけど　うちの彼氏よりかは上手い人が多くて　なんかみなさん前戯《ぜんぎ》が長い
ですよね　そこがいいなって思います
主婦　へえ　彼氏に前戯を長くしてほしいって言ってみれば？
女子　言えないんですよ　ほんとは言ったらいいと思うんですけどいざ言えないんで
す　恥ずかしいじゃないですか　淫乱《いんらん》だって思われたらどうしようかなって
あと傷つけたくないじゃないですか　満足してるって演技をいつもしてるんで
主婦　あー　そういうのつまんないよね
女子　でも　演技してそれによって相手も盛り上がってきたらなんか自分も盛り上
がってきたような錯覚《さっかく》に陥ってしまうようなところもあって

女子、突然に爆笑する。
主婦、爆笑の理由はわからないが、酔っているので一緒に笑う。

女子　……

主婦　はあ

女子　でもほんとにも気持ちよくなりたいじゃないですか

主婦　うんうん

女子　私がレズ願望あるのって　女の人なら同じ身体だから　気持ち良いツボを男の人よりも心得てそうだし　オナニーとかしてクリちゃんを触りなれてるじゃないですか　ぶっちゃけ男ってクリちゃんのこと全然わかってないじゃないですか　なんなんですか　男ってクリちゃんのこと簡単にシカトするじゃないですか　まんこイコール穴でしょ　いやすぐそこにクリちゃんがあるよって　ちんこってクリちゃんの大きくなったやつじゃないですか　お母さんのお腹のなかでまだ性別がわかんないとき　ちんこってクリちゃんだったじゃないですか　なんで忘れられるんですか　私たちは忘れられないじゃないですかちんこのこと　不公平ですよ　だから女の人なら男の人にやられて全然良くなかったこととかもデータとして蓄積してあると思うし　だからもっとお互いに満足させ合えるのかなって

女子、キッチンの中に入る。

そこは、ハプニングバーのプレイルームである。

女子、オープンキッチンのカウンター側（観客席側）に背を向けて立つ。

キッチンの中にはビデオカメラがある。

女子、ビデオカメラを持ち、セルフィーしながら主婦の台詞《せりふ》に合わせて、カメラに向かって演技する。

女子が撮影するリアルタイムの映像が、スクリーンに写し出されている。

オープンキッチンのカウンターからは、実存する彼女の背中が見える。

主婦、キッチンの外からそれらの様子を見ている。

主婦

それで彼女とプレイルームに行って　彼女は若くておっぱいも大きいからか私たちのプレイルームを五人くらいの男たちが小さい窓から覗《のぞ》きに来ていてあ　ハプバーのプレイルームって外から見えるようになっていて　ハプバーによっては全面マジックミラーとかもあるみたいだけど　私の行ってたハプバーは小さい覗き窓がある感じで　中からも外から覗かれてるのがわかるの　それで興奮させようとしてるのかわかんないけど　それで彼女は若いしおっぱい大きいしみんな見たいじゃん　なんか私たちの覗き窓の前だけ満員電車みたい

な混み方になってて　シャワー浴びて彼女と向き合ったときに　彼女は自分を覗きに来た男たちがいることを気にしていない素振《そぶ》りで　ものすごくそれに満足しているのが私にはわかって

女子、ウシ柄の下着姿になり、ウシ耳のカチューシャを付ける。

主婦　彼女は私を見ているように見せて　私の頭の後ろの覗き窓の男たちのことを見ていて　あの満員電車みたいな混み具合の窓で　私ってやっぱり男にモテるんだなって確認してて　こんな場末のハプバーで人気ナンバーワンになったところで虚《むな》しいということも彼女もそこまで馬鹿ではないだろうからわかりつつやっぱり嬉しいみたいで　だから気にしない素振りをしているんだけど　でもそれは隠しきれていなくて　これから彼女にとって初めて同性同士で触れ合うことに照れ笑いながらそれは　それだけの照れ笑いではなくて　照れているかわいい若い自分を覗き窓の男に見せる　見られるようの照れ笑いなの　私は彼女のその感じにだいぶ萎《な》えていて　彼女は私に胸を触られて声をあげて

女子　はあ　ああん　だめ

主婦　それを覗き窓の男に見せて快楽を感じていて　確かに彼女の胸は本当に柔らかくて良いんだけど　私はそれが楽しめているのかわからない　私は彼女を触る

女子　と自分が男になったみたいで　私の中に飼っている　飼ってしまった男が出てきて　まるで覗き窓の男のためにAV男優のように振る舞っていて　AVではどんな風に男はおっぱいを責めてたっけとか考えていて　どうして覗いてる男たちのためにパフォーマンスしなければいけないのか　どうしてしてしまうのか　彼女もAV女優になっていて

主婦　うおおおおおお　きもちいいい　イっちゃうおおおお

女子　女同士でAVみたいに責めてAVみたいに喘いじゃって

いっしょにい　イクよおおおおおおお　さんっ　にい　いっち　ぜろおおおお

女子、絶叫し、白目をむく。

主婦　すごくがっかりしたというか負けた　覗き窓の男にというより自分の中に飼っている男に

女子、立ち上がり服を着る。

女子　ありがとうございました　良い経験になりました　だけどやっぱり私ってヘテロ

なんだなあって　戸惑ってしまってすみません　私も全然良いところ責められなかったかなって　ずっとわりと受け身ですみません　てか　なんか私　最後のはイってる演技でした　すみません　てかぶっちゃけずっと演技でした　すみません　全然気持ち良くなくて早く終わってほしかったんですう　すみませんなんか勝手に女の人に幻想を抱いていたみたいですね　性別とか関係なく上手《うま》いか下手《へた》かってことなんですかね　あ　すみません　下手だってディスってるんじゃなくて　でも私ディスってるのかあ　あ　すみません　お姉さん下手くそですね　下手くそ

映像、消える。
女子、退場。

コロス　ハプバーって女は入場料タダで　それで飲み放題なんです　男は逆に一万以上払わないと入れないみたいなんですけど　それって男がやっぱり見る権利を買っているということなんでしょうか　タダより高いものはないってことなんでしょうか　一万円でも二万円でも払うからこんな思いしたくない

ここは、始発のバスの車内である。

主婦、ソファーに背筋を伸ばし座り直す。

コロス　女は始発のバスに揺られていた　他にバスには誰も乗っていなくて　外は一向《いっこう》に明るくならない　どうしてだか　地下鉄に乗ってるのかっていうくらい　暗い自分がどこに運ばれているのかわからない

わからない者、登場。
主婦の隣に座る。
長い間。

主婦　どうして私の隣に座るんですか

長い間。

主婦　私に罰《ばっ》を与えようとしているんですか

わからない者、退場。

ここは、リビングダイニングルームである。

主婦　で　そのまま帰らないで　ふらふらしてたら　いまの旦那《だんな》に出会って結婚したの　ま　私とジャンル違う感じで　年収はわりとまあ平均よりちょっと上くらいなんだけど　身内だからちょっと言っちゃうけど　口臭《こうしゅう》はけっこうやばいと第一印象から思ったけどウシより全然大丈夫だし　全然喋らないし笑わなくてユーモアもないし　でも喋ると口臭《くちくさ》いからいいんだけど　私は気にしないかなって　私すごい喋るし　ウシに比べたら旦那は喋るし　とりあえず仕事したくないし　家がほしいし　結婚しても人生バラ色になるとか全然思ってなかったかな　旦那のお母さんは高齢でだんだんボケてきてるし　旦那に兄妹《きょうだい》いないから私が介護しなきゃいけなくなるだろうし　でもなんとかこの男のたいしたことないワイシャツに毎日アイロンかけて　たいしたことない飯《めし》食わせて　たいしたことないセックスして　そうしてればたぶん死ぬまで　家に住めてご飯食べられるっていう　そのシステムのなかで安住したいって思ったの　口臭とか気にしなければ逆転ホームラン打てるんだよ　ニンゲンだったらわかってくれるよね

獣人　おかあさま

主婦、アイロン台にしな垂《だ》れかかる。

主婦

日那の金で子供をクモンに行かせたり　英会話とかピアノ習わせたり　歯並び整えるとか　そういう普通にニンゲンの親が子供にしてあげることしてみたかったな

主婦、そのまま眠る。

第三スタシモン

コロス、半獣の首からヒモを外す。
一畳分の畳《たたみ》、マイクを、舞台中央に置く。
獣人、ステージのように畳の上に立ちマイクを持つ。

獣人

お母さま　お母さま　ウシの私は畳を食べていました　寂《さび》しくて涙が出て
お母さま　お母さま　と言っていたのも三日だけです　その後はお腹が空いて
なにも考えられなかったのです　お母さまは　どうして　食べ物のことは
教えてくれなかったのですか　精子を飛ばして　涙を流して　お腹を空かして
私を餓死《がし》させたかったのですか　うつ病患者が　断食をすると聞きました

お腹が空くと　死にたくなくなるんですって　すーって悩みが消えていくのですって　私それ本当だとわかるわ　お母さま　ウシの私は畳を食べていました　まさか畳が食べ物だとは思っていませんでした　だって畳は家の一部ですから　私が物心ついたときから足元に畳は広がっていました　それをまさか自分が食べることになろうとは思いませんでした　だけど

音楽、流れる。

獣人　空腹は私のウシの本能を呼び起こした
お腹が空いて目が開いてるのか閉じてるのかもわからない
朦朧とした意識のなか
畳は草だ　食べ物だ
とウシの血が言った

コロス　だから私うつ病患者の断食療法が本当だとわかるわ
空腹になると頭が勝手に真っ白になって身体が勝手に生きようとする
生命力を呼び起こされる

獣人　ねえだからお母さまが食べ物のことを教えなかったのは私を餓死させるため

ではなくて生かすためだったのだと　お母さまの最後の愛なのではないかと
それだけを心の支えにしてまいりました　その解釈が間違っているのはわかって
いますがそうだと思いたいのです

心を支えるものを必要とするのもニンゲンの常
まるでというかまさにウシのように奥歯ですりつぶし
畳を貪《むさぼ》る自分に自分でどこで覚えたのこんな食べ方と
自己嫌悪を抱きながらそれでもその口の動きは止められない

畳の食物繊維《しょくもつせんい》のせいで膨《ふく》らんだ　大きな便　つまり大便　いえ大きな大便を私
は足元に漏《も》らしておりました　大便を足元に漏らしながら大便の付着した畳を
食べる　そしてまた大便を漏らし大便の付着した畳を食べる　気持ち悪いのに
その口の動きは止められない

コロス

まるでというかまさにウシのように奥歯ですりつぶし
畳を貪る自分に自分でどこで覚えたのこんな食べ方と
自己嫌悪を抱きながらそれでもその口の動きは止められない

音楽、止む。

コロス

獣人　ちょっと　臭いですよ　なにしてるんですか

とお隣さんが何日間か連続でうちのドアを叩きました　私はこわくて黙ってい

ました　最終的には大家さんが入ってきて私は発見されたのです　そのあと

牧場を始めるまではとてもとても言えたものではありませんが　少しだけ言わ

せていただきますと　もの好きな変態様を相手にからだを売ってまいりました

音楽、流れる。

獣人

もの好きな変態様を相手にからだを売ってまいりました

そうするより生きる術がありませんでしたし私にはその才能がありました

私はウシとニンゲンのハーフのニューハーフです

私の頭は女として女を愛したいニンゲン

下半身はウシで精液を出す大きなクリトリスが付いてるウシ

みなさんにわかりやすく言いますと

ウシとニンゲンのハーフでトランスジェンダーレズビアン　よくわかりません

私は三歳からお母さまにエロ本で教育されておりました

エロ本ベースですが人の性にまつわるあらゆる欲望を熟知しておりました
私はお客様の欲望に合わせ七変化　あらゆる変態様が快楽

コロス　満足！

獣人　高いお金をいただき鼻高々で　お金をもらえば高級な焼肉へ
そう　私は私に高いウシ食べさせて
私のウシを飼い慣らしていたのです　ウシではなく私はニンゲン
畳を食べるようなウシではなく私はニンゲン　ウシではなく……
と私は私を飼い慣らしていたのです

コロス　あるときある客の指定した木造のアパートへ呼び出されました
人の嗜《し》好《こう》は様々
まず少し追いかけっこ　じゃれ合い
私の大きなウシの尻にかじりつく客
ライオンにでもなったおつもりですか
また様々な触れ合いの後　最終的には畳にうつ伏せにされ　肛門に挿入
挿入されている間　顔で畳をスクラッチ
スクラッチで湧きたってくる畳のあの匂いから

獣人　まるでというかまさにウシのように奥歯ですりつぶし
畳を貪る自分に自分でどこで覚えたのこんな食べ方と

自己嫌悪を抱きながらそれでもその口の動きは止められない

あのおぞましいウシの私を思い出し　気持ち悪くて　涙が出てしまいました
私が涙を流すと　客はますます燃えるのか　より一層私を激しく揺さぶる
揺さぶる　畳がけば立って　そのカスが口の中に入り香《こう》ばしいあの味が口の
中に広がって　私はそのまま畳を貪り食べたいような衝動にかられ　トラウマ
と衝動と抑制とがごちゃ混ぜになり嘔吐《おうと》　それでも変態様は止めてくれない
顔で吐瀉物《としゃぶつ》と畳をスクラッチしながら　とにかくこの地獄が終わることを願っ
て　願って　願ったのです　終わったその足で私は焼肉に向かいました

牛タン塩　牛ハラミ　牛カルビ　牛ロース
ニンゲンの脳であらゆるウシの部位をやけくそに注文
肉以外のページは開かない
あるときチョレギサラダを血迷って
ウシの血が赴《おもむ》くままに注文
ウシの血が赴くままに数秒で食べてしまったことがあります
そんな私をニンゲンの私は嫌悪しましたが　ウシの私は大変満足していました

コロス、アイロン台にしな垂れかかっている主婦を見る。
畳を片付ける。

コロス　**私はアイロン台　私はアイロン台　私はアイロン台　私はアイロン台**

獣人、主婦に後ろから覆い被さり腰を機械的に前後に振り、股間の突起物を主婦の股間から抜き差しする。

コロス

旦那のワイシャツをアイロンがけしていたときに　酔っ払った旦那が私に後ろからがばっと抱きついてきて　火傷《やけど》するかと思ったし　心臓止まるかと思ったなんかつまみの塩や海苔《のり》のついた口を私の口に押し付けてきて　べろがベロベロっと入ってこようとしていて　アルコールとつまみの匂いがむーんってして必死で口を閉じて息もとめて口を隠す　そしたら私のパンツをずらし　ペニスを入れられた　この人のおかげで私仕事辞めれたし　家に住めてるし　アイロンかけるのも　ご飯つくるのも　セックスをするのも義務　そういう道を私は選んだんだし　専業主婦だから　だからしょうがない

私はアイロン台　私はアイロン台　私はアイロン台　私はアイロン台

種牛の精液採取　アイロン台のような台に　ペニスを入れる穴が付いている
台雌《だいめす》と呼ばれる　なんの色気もないその台をメスだと勘違いし後ろから覆い
被さり　穴にペニスを挿入　ウシは大変な早漏《そうろう》なので入れただけですぐ射精
出てきた精液はすぐ液体窒素で凍らし　売られる　もうアイロン台へ何度精液
を漏らしただろうか　アイロン台を経由せず　ダイレクトにメスの子宮に精子
を泳がせることは一生ない　いつもアイロン台が相手　一生　童貞《どうてい》　チェリー
ボーイ　子沢山《こだくさん》　生殖に愛はない　ただただ信号に従って身体を動かすだけ

私はアイロン台　私はアイロン台　私はアイロン台　私はアイロン台

音楽、止む。
イヌ、隠れていたところから登場。

イヌ

ハワイはさ　ハワイよりおっきいメスとやったことあるし　すっごいまんこが
臭《にお》うメスがいていてもたってもいられないわんわんわんってブロックの上に
立ってペロペロドッグしてすわんすわんすわんってすかしながらもぶわんって
入れてうわわわわーんってやったわん　ゴートゥーヘルじゃないよんぱぴょん

ゴートゥーハワイ　玉をぐってひっくり返ってずっとそのまま玉にたまにたまたま溜《た》まってる精子とか玉にたまたま溜まってる液体を出し切るよんぱぴよん確実にメスの腹におたまたまたまじゃくし泳がすよん　確実に子孫残すよんぱぴよん　それがイヌっしょ　たまたま玉取られてからは突き突き突き刺される側になったわおーん　おじさんはハワイのここをよひよひよひよひ　あなんかなんかすげーさいきょうきもちよいわん　もはやよもや　きょもちよいわん　ハワイここをこすこすこすりつけてきょもちよいわあああんってやってたら　いきなり　がっがばーってハワイはひっくり返る　あ　かえるじゃないよんイヌのぱぴよん　ぐわんずぼぼぼぼぼぼぼぼぼぼ　ハワイのうんちっちが出る穴にホットドッグ抜き抜き抜き突き突き突き　ホットドッグドッギングハワイのピリピリスパイシーホットドッグのできあがり　ハワイひゃわいーんなのにおじさんの手がばって　ひゃわいーんの口ひゃわいーんって開かないおじさんの手から口からしょっぺーいい匂いがするから　ハワイはペロペロおじさんもつられてベロベロベロ　ハワイのペロペロペロのりのりのりノリになる　ノリがいいのがとりえだよんぱぴよんそれがイヌっしょ　ピリピリスパイシーホットドックピリピリピリ辛《から》スパイシーもほどほどにしてほしいさすがのぱぴよんものりのりノリがいいのも長くは続かねえぞ　やめてわあああああああん　そんなにお熱いのがお好きですか　ピリピリホットスポット

ピリピリピリオド打ってくれよホットスポットずっぽずっぽホットドック
お願いですよホットドックほとほと迷惑ほどほどにホットにしてくれよトゥー
ホットドッグドッキングドックドックどくどくどくどく　ニンゲンって
すぐ抜いちゃう　短け　味気《あじけ》ね　ねえねえここハワイのうんちっちの穴だから
ピリピリホットスポットピリピリピリ止まらないけどまたここをよひよひよひよひ
嬉しいわん　どうせイヌだよんぱぴよんあほだよんぱぴよんそれがイヌっしょ
ハワイはハワイもほんとは行ったことねえし　ヘブンもヘルもドッグは誰も知らな
い野良《のら》イヌ　わわわんってイヌが鳴くって誰が決めたのかも考える由《よし》もないドッグ
は誰も知らない野良イヌ　ハワイは野良イヌじゃねえ血統書つきだわん　イヌは
わんって鳴かないわん　イヌはそもそも喋らないわん　ハワイとってもかわいい
わんわん愛玩ドッグだよんぱぴよん　ハワイ喋ったらおばちゃん癒されない
わんわんわん　ワンダフォー　って喋ったら殺されチャウチャウ　殺さないでくれ
わああああああんあああああああワンワンワンワンワンワンワンワンワン
ワンワンワンワン　ワンモアチャンス　ワンモアチャンス　ワンモアチャンス
ワンモアチャンス　ワンモアチャンス　ワンモアチャンス　ワンモアチャンス

音楽流れる。
すべての俳優、コロス、激しく踊り狂う。

第四エペイソディオン

音楽、止む。
コロス、その場に倒れる。

主婦　私はいまなにを見ているんでしょうか
獣人　あなたはいま見るべきものを見ています
主婦　……
獣人　あなたにそっくりの女性が私の牧場にいます
主婦　私にそっくりの女性？
獣人　そっくりです　あなたみたいです

主婦　彼女なにしてるんですか　牧場で

獣人　私たちの牧場は女性を愛する女性によって運営されています　人工授精のときバターマッサージをするとお話しさせていただきましたが　当然ながら子供を産めるのはメス牛ですよね　メス牛も女性ですからいきなり男性の手に触れられるのは少し抵抗があるんですね　それが癒しの邪魔になってしまうんですね　女性がバターマッサージした場合と男性がバターマッサージした場合では受精に至る確率が全然違うんです　また　ただの女性ではなく女性を愛する女性であることも大事なんです　女性を愛する女性による女性のための女性への濃密なバターマッサージ　これによって究極の癒しを通って　その先にある扉のドアノブに触れることができるんですね　そのドアノブを右に回しますと扉は開かれますから　開かれた先《さき》全方向に広がる快楽の海に溺《おぼ》れることになります　あなたにそっくりの彼女はバターマッサージがとても上手です　彼女がマッサージすれば必ず受精します　彼女の手はマッサージをするために生まれた手です

主婦　そのマッサージは私も受けられますか

獣人　もちろんです

主婦　とても疲れてしまって

獣人　でも先ほどよりだいぶ正気に戻っているように見えます

主婦　予約入れられますか
獣人　これからいかがですか
主婦　でも旦那が帰ってくる前に戻らないといけないし
獣人　大丈夫それまでに間に合います　行きましょう
主婦　じゃあそれなら
獣人　では　これを付けてください

獣人、ヒモの付いた棒状の物を鞄から取り出す。

獣人　私たちの仲間の証《あかし》です
主婦　え　これはちょっと嫌です
獣人　大丈夫です　これは大きなクリトリスです
主婦　ペニスではなくて
獣人　クリトリスです
主婦　でも　やっぱりペニスに
獣人　クリトリスです　おっしゃる通りこれはペニスにも見えますね
主婦　はい　見えます
獣人　しかしこれはクリトリスです　先ほども申し上げました通りクリトリスが大きく

なったものがペニスです　ですからクリトリスを大きくするとペニスのように見えてしまうのは変な話当然ですね　しかしクリトリスのほうが先にできたものですし　これはクリトリスとしてつくられたものです

主婦　なるほど

獣人　私たちは女性の集団ですから　クリトリスというのは私たちにとって大事なシンボルです　これを付けることはクリトリスのことを常に忘れないという意思表明です　また女性だけの暮らしはいろいろと危ないこともあるのです　当初は意図しなかったことですがこれは偶然にもペニスにも見えますから　こんな立派なペニスを付けていると男性は襲ってこないんです　そういった魔除《まよ》けの効果もあります　ペニスに見えてしまうとても便利なクリトリスなのです

主婦　どうしても付けなければだめでしょうか

獣人　仲間の証ですから

主婦　付けないとどうなるんですか

獣人　私たちとあなたに距離ができバターマッサージはぎくしゃくしたものになってしまうでしょう

主婦　私とそっくりの彼女もこれ付けてるんですか

獣人　もちろんです

主婦　ちょっと付けてきます

主婦、ヒモの付いた棒状の物を持ち、退場。

獣人　祖先たち　もうすぐ私は救われるのです　一緒に喜んでください　おめでとうと言ってください　私は私の精液をお母さまの子宮に泳がせます　たくさんの私はお母さまの卵子めがけて我先《われさき》にと一目散《いちもくさん》に泳いでいます　そして一番幸運で強い私がお母さまの卵子を突き破り　ついにひとつの受精卵となり　お母さまのあたたかい子宮のなか胎盤《たいばん》から血を受け取り　生まれ変わりを待ちます　私は生まれ直すのですお母さまの膣から　そしてお母さまの腕に抱かれて私はお母さまの乳首を独占し　吸い付き絞り尽くすのです　念願のこれまで私のものにできなかった　噴き出すあの白い液体を

第四スタシモン

音楽、流れる。

コロス　お前はやさしい　だからこそ恐ろしい
憎しみの炎の燃え盛る勢いで自分を捨てた母を殺すことと
愛情の熱でじんわりとバター溶かし母を妊娠させることと
どちらが恐ろしい罰なのだろうか

獣人　母乳　母乳　母乳飲みたい
私の母乳　私の母の私の母乳

母乳　母乳　早く　母乳飲みたい

コロス　お前はやさしい　だからこそ恐ろしい
バッコスの祭りさながらに一思いに肉を引き裂かれることと
新しい肉を植え付けられ血を分け乳を吸われることと
どちらが恐ろしい罰なのだろうか

獣人　母乳　母乳　母乳飲みたい
私の母乳　私の母の私の母乳
母乳　母乳　早く　母乳飲みたい

第五エペイソディオン

主婦、登場。
ヒモの付いた棒状の物を装着している。

獣人 あー　かわいい　似合いますね
主婦 大丈夫？　変じゃないかな
獣人 ぜんぜんぜんぜん　とても似合ってます
主婦 初めて付けたから自信が持てなくて
獣人 大丈夫ですよ　私がチェックしましょう
主婦 お願いします

獣人　ここがちょっと捻《ねじ》れてますね

獣人、ヒモの捻じれを直す。

主婦　あ　ありがとう

獣人　では行きましょう　私があなたを安全に送り届ける案内人を務めます

主婦　はい　ちょっと不安です

獣人、主婦の手を握る。

獣人　大丈夫　ただし帰り路《みち》はあなたがなにかを抱えて戻らなければいけないかもしれません

主婦　え　なに　こわい

獣人　こわいことはありませんよ　抱えるものはきっと幸福でしょう

主婦　へえ

獣人、コートを着る。

主婦、獣人、手を繋ぎ、退場。

イヌ、その後を追って退場。

間。

イヌ、再び登場。

イヌ　やべやべやべやべ

コロス　どうした　なにがあったのか話せ　イヌ

イヌ　イヌだからって命令かよ　馬鹿にしてんのかウシ　ウマでもシカでもねえイヌだウシ　くっせーよ　鼻につくんだよウシ　ウシがその気ならイヌだってわんわん吠えるんだよ　クソだシットだシットダウンそれがイヌっしょ

コロス　いいから話せ　イヌ

イヌ　おっきなクリトリス付けたおばさんは駅でおまわりに止められちゃってペニスではなくて大きなクリトリスだわん　って説明しても　そっかなら大丈夫だわん　ってことにはならん　そこが論点じゃねーだろわんわんワンダーワールド会談　捻じれに捻じれ絡《から》まりに絡まり拗《こじ》れに拗れ　猛毒ガス出す液体でも持ってんじゃねえか　っておまわり調べる鞄の中の液体はミルクのみ　イヌじゃないのにおまわりさん困ってしまってわんわんわんわんわんわんわん　おまわりこまわりして退散　電車でゴートゥーマウンテン　イヌは乗車券いらない　タダだわん登山《とざん》は土が爪に詰まるから嫌いだわんアスファルト大好きハワイとってもかわ

いい愛玩ドッグだよんぱぴよん　牧場ではマッサージバターもったおばさんにくりそつのおばさんツーが待ってたわんわん　そこからはわんわんワンダーワンダーワンダーワンダフォーワールド　ハワイはバターペロペロペロドッグはなくてマーガリンペロペロペロドッギングはなくてジャストマーガリンペロペロドッグのゴートゥーヘルならぬゴートゥーハワイなのにおばさんマーガリンではなくてバターぬりぬり塗られてバター溶けまろやか超うまそう　よだれぽたぽたハリーポッタードッグ　バターペロペロドッグしようと思って近づいたらがひいいいいんって飛ばされる　いってー　飛ばされても上手に受け身とれるよん　すぐ立てるよんぱぴよんそれがイヌっしょ　おばさんにくりそつのおばさんおばさんツーがおばさんワンなのかおばさんにくりそつのおばさんツーなのかワンツーくりそつのクリトリスどっちがどっちかわからんちんちんちんこじゃなくてえっとー大きなクリトリスぴかりんこーんクリトリスひかりんりんりんぴかりりーん輪廻転生《りんねてんしょう》ひっくり返るかえるじゃないよんイヌのぱぴよんぴよーんてバターがチーズになっておばさんツーの手からツーって伸びる絡まる　おばさん脚があさってのほうに伸びて開いて穴から練乳がどばどばどばどば　うにょおんにょおもうんちもにょもおんちょこちょこちょこちょこってひょおおおひやあああああひょひょ表面に水紋《すいもん》がもんもんもんもんお魚が泳ぎまくっておるうううううううう

コロス　は　普通に喋れ　イヌ

イヌ　は

コロス　もう少しわかるようにお話してもらえますか

イヌ　うっせーよくっせーよ　だからそれで注射器でちゅーってニンゲンウシが自分の精液注入しようとしたらおばさんは急によだれ拭《ふ》いて我に返って　やめてええ　でもニンゲンウシはやめなくて殴り合いになって　ポコポコポコスカポコスカスカスカ　でニンゲンウシがもう生でちんこ突き刺そうと　お母さまあああ

イヌ、テーブルの上に登る。

イヌ　で最後は　おばさんがニンゲンウシのカチンコチンコ真っ赤かかに充血したちんこを引きちぎって　ニンゲンウシが気絶　周りのウシがモーモーモーモーおばさんに突進しようと暴れ出して　やべやべやべ　だからハワイ逃げてきたよんぱぴよん逃げ足だけは負けねえそれがイヌっしょ

第六エペイソディオン

主婦、片手に獣人の股間から引きちぎった突起物を持って登場。
獣人、スクリーンを破って登場。
股間の突起物が消えている。

獣人　お母さま　あの日　私はまた焼肉屋にいました　まずタン塩が運ばれて来まして
さっそく焼こうとトングでタンを一枚挟みました　私の手は震えていました
私は連日働き過ぎていたのです　私の震える手はタン塩を一枚はらりと太もも
の上に落としてしまいました　すると数秒間の沈黙の後　その雄弁なタン塩は
私にぺちゃくちゃと話しかけてきたのです　私のウシの下半身に共鳴したので

しょう　その日から私にはウシたちの声がずっと聞こえているのです　私はウシの声に耳を傾けているうちに　私は私のやるべきことを理解しました　私の身体の持っている使命を果たさなければいけない　お母さま　正直私はペニスをとられて少し肩の荷が下りたような気がするのです　私は勝手に私を縛《しば》って苦しんでいたのですか　マスターベーションしていたのですか　お母さま私はいよいよ自分がなんだかわかりません　私はこれで救われたのでしょうか　教えてください　お母さま　お母さまの愛ですかこれは　教えてください
お母さま　お母さま

獣人の声は、主婦には届かない。
獣人、退場。

コロス　あの
コロス　すみません
主婦　なんですか　誰ですか　あなたたち
コロス　え　うちらウシの魂《たましい》なんですけど
主婦　ウシの魂？
コロス　ずっと見てたんですけど　いいですか

主婦　もう疲れてるんですけど
コロス　すみません　ちょっとだけ
主婦　ま　いいですけど
コロス　あなたはなにを持っているのかわかってますか
主婦　ペニスです　持ち主は大きなクリトリスだって言ってたけどそんなわけない
じゃないですか　精液が出てクリトリスが大きくなったものならそれってつまり
ペニスですよね
コロス　まあ　そうですね
主婦　そうですよね　ウシのペニスって食べれるんですか
コロス　え　どうなんだろ
コロス　さあ
コロス　誰か知ってる?
コロス　日本ではあまり食べないみたいですけど　中国では食べられているらしいです
イカのようなトロリとした触感で　イカっぽいのですがなにもしないと生臭《なまぐさ》みが
あるそうで　ちゃんと下処理をして　濃い味付けをする必要があるそうです
ですがコラーゲンがたっぷりということで美容におすすめだそうです
主婦　へー　やっぱ生臭いんだ　でもコラーゲンはいいよね
イヌ　肌プリプリになりそうだな

主婦　焼肉のたれに付け込んでついでに今日焼いちゃおうかな
イヌ　うん
主婦　もうお腹ペコペコなんだけど　待ってないで先に食べちゃおっかな
イヌ　うん　どうせいつもみたいに遅いっしょ
主婦　そうだよね

主婦、突起物を持ってキッチンへ向かう。
イヌ、その後を追いかける。

エクソドス

音楽、流れる。

主婦、キッチンで下ごしらえしてきた薄く切った肉（突起物）を盛った皿を持ち、ダイニングテーブルに座る。

イヌ、後を追ってダイニングテーブルに座る。

主婦、ホットプレートで肉を焼く。

コロス　**ヒトの名誉はウシの名誉ではない**
ヒトはヒトとしてしか世界をとらえられない

ビーフストロガノフ　アイスクリーム　バニラシェイク　ユッケジャン
サーロインステーキ　バタービスケット　ヨーグルト　シュラスコ
カマンベールチーズ　ミートボール　ローストビーフ　ベイクドチーズケーキ
ケンタウロスは大人になって笑っているよ
ケンタウロスは裸で駆け出したよ　本当の世界へ
草食《は》んで　走って　叫んで　酒飲んで　酩酊《めいてい》
突然　出現　初めて見る　ほかのケンタウロス
私たち抱きしめ合って　ひとつになって　一緒に呼吸しよう
このまま食ったたって食われたたっていいわ
私たち　ニンゲンの世界に住んでないの
ケンタウロスと　肉を　噛み　噛まれ
飲み　飲まれながら
はあ　はあ
今が　一番　生きてる
本当の世界　本当の世界
ケンタウロスは　大きな声で
笑っているよ

その頃　世界の反対側のテーブルで
誰かも大きな声で笑っているよ
焼肉焼きながら　牛乳　飲みながら
楽しくても　悲しくても
美味《おい》しくても　不味《まず》くても
産まれてから死ぬまで朝も夜も
笑っているよ　笑っているよ
あはは　あはは

牛肉の焼ける匂いがする。
主婦、イヌ、笑っている。
音楽、止む。

終わり。

妖精の問題

私は見えないものです
見えないことにされるもの
見えないことにされるということは
見えないことと同じなのです

一部　ブス

俳優、登場。
照明、客入れの状態から変化しない。
俳優、観客に話しかける。

俳優　こんにちは　こんにちは　私　普段《ふだん》フランスに住んでいるんですけど　年に二回くらい東京のほうに戻って来るんですけど　戻って来ると　おって　思うことがあって　あの　満員電車あるじゃないですか　渋谷《しぶや》とかから乗ってると　人の外見《がいけん》が似てるなあって　なんでかなあ　ほんとに似てるのかなあ　って思ってて　そしたら　たまたまインターネットの記事をみつけて　満員電車

であ　こう　ここが（満員電車を示す）満員電車だとして　ここら辺にこう　いっぱい人がいるじゃないですか　で　その人たちの外見が　いろいろすぎると生き物として厳しいらしいんですよね　そういう科学的な分析みたいなものがあって　そういう結果が出てるらしいんですね　でも逆に　同じような外見　たたずまい　とか　ふるまい　とか　服装　化粧だったり　とかだと思うんですけど　同じだと　一種の群れみたいな感じで　満員電車でも　割《わり》と生き物として楽にいられるそうなんです　本当に五十年前とかと比べて東京の人って似てきてるらしいです　だから　東京の満員電車の人は満員電車に合わせて適応して似てきてるんですね　だから逆に　適応できない人は満員電車に乗れないですよね　淘汰《とうた》されるってことになりますよね　だから満員電車にいる人たちの外見が似てくるのも当たり前だよなあ　って思ったところで　落語します

照明、変化する。

俳優、座布団をセットし座る。

俳優　新作落語『ブス』

登場人物
・A　女子中学生
・B　女子中学生
・逆瀬川志賀子《さかせがわしがこ》　政治家

一人の俳優が落語のスタイルで演じる。

中学校。
放課後のだれもいない教室で二人の女子中学生（AとB）が話をしている。

A　中学校　卒業したら　銀座《ぎんざ》で働きたいわ

B　え　やばめ

A　だって給料高いじゃん　お金があればいろんなことができるし　変われる気がするの　いいわあ銀座　銀座っていうか　もはや金座《かねざ》　きんざではなくかねざ　ゴールドではなくてマネーのほうの

B　え　やばめ　あれは選ばれしものがやる仕事なんだから　お前なんかのために金落とすおじさんは一人もいねえよ　叶《かな》わない夢見てんじゃねえよ　夢は見る

もんじゃない食べるもんだbyバク　冗談はやめろよ死ねよ　お前自分の顔鏡でちゃんと見たことあるのかよ　ねえんだろ　死にたくなるから　あと三世代は進んだ世の中にうちらクラスのブスは絶滅してんだよ　世の中からどんどんブス消えてきてんだよ　街を歩いてる女子の顔面偏差値《がんめんへんさち》どんどん上がってきてんだよ　そんなことないよブスもいるよ　って言う人もいるかもしれないけど　確実にどうしようもないブス減ってるんだよ　化粧の技術の進化とかもあるけど　そんなもんでまだ整えられるレベルのブスの話ではないから　そのレベルでの話ではないから　どうしようもない疾患《しっかん》だから　そういうどうしようもないブスはまず街を歩かないんだよ　お前街歩いて見てみろよ歩けるもんならな　うちら絶滅危惧種《ぜつめつきぐしゅ》なんだよ　うちらマイナスの意味で貴重なんだよ　どうしようもないブスは家の中でひきこもって　自殺するか　親が死んで飢え死にするかなんだよ　夢は見るもんじゃない食べるもんだbyバク親は私たちのようなブスを産んだことの罪悪感で夜な夜な泣いてる　そんな親を見てるうちらも夜な夜な泣いてる　そんな時期もあったし同じ罪を犯さないように子孫残さず死んでいくんだよ　それでブスは途絶えんだよ　うちらの家族よくここまで子孫繁栄《はんえい》してきちゃったよね　奇跡かよ　っていうかお前突然変異《とつぜんへんい》かよ　家族でお前だけっていうパターンかよ　なんの因果だよ　前世《ぜんせ》悪魔かよ

BABA BBA

私の家族は全員　カラスの食い散らかした生ごみのなかの腐った芋の根っこが　風のいたずらでどこか道路の植え込みに飛ばされて　汚染された空気のなか無駄に生命力を発揮して育ってしまった　間違ってできてしまった　奇形の芋みたいな顔しているよ　スーパーでは絶対にお目にかかれない市場には出回らず抹殺《まっさつ》される代物《しろもの》だよ　私はブスとブサイクの子孫だよ　突然変異じゃないのえ　やばめ　どうしようもないブスはどうしようもないブサイクとしか結婚できない　ブスもブスとしかつるめない　だからうちらもブスブスだしありがとう　会話してくれて　初めて会話した家族以外の人と　楽しい口くせー

お前もな　中学校卒業しても　会いたいな　時々《ときどき》お茶でもしようよえ　やばめ　なんのために　っていうか義務教育終わったのになんでわざわざブスなんかと会わなきゃいけないんだよ　ブス嫌いなんだよbyブス　ブスとブスがコーヒーつらたん　つらたんなだけ　どうしてもお茶したかったら山奥に来て　私卒業したら山奥に行くから　介護士になって山奥の養老院で死に損なってる老人に感謝される　うんここねてる老人に早く死ねばいいのにって思いながら世話したいなあ　うるせえのがいたら軽く蹴《け》って上下関係叩《たた》きこむから　自分より下の人間に会いたい！　給料安くてもいいわ　ブスだからお金つかうことないし　洋服いらないし化粧品いらないし　ああ　でもせめてコン

ビニだけは近所にほしい　コンソメパンチとかさけるチーズとかからあげくんとか食べれればそれだけで生きれる　デブとかどうでもいいし　その前にブスだし　幸せじゃなくてもコンビニあれば生きれる　最近のコンビニまじレベルたけぇ　コンビニに生かされてるわ　ああ　またコンビニ行きたくなってきたつらたん　生まれ変わったらコンビニで働きたい　でも　ブス　無理　つらたんああ　コンビニ行きたい　コンビニなかったらすぐ自殺してたと思うマジでつらたん

コンビニって神だし　罪だね　不要な命を生き延びさせてしまう装置だねあ　老人も自分でご飯食べられなくなった人は殺すことになりそうだよ　知ってる？　もうすぐ選挙あるっぴー　介護士の仕事もなくなるかもっぴー

A

A、スマートフォンを取り出しBに見せる。

壁面に映像が映し出される。

【映像】逆瀬川志賀子の政見放送
青い背景に白い文字「東京都選挙区　不自然撲滅党　逆瀬川志賀子」
アナウンサーの声「東京都選挙区　不自然撲滅党　女優　ナチュラリスト逆瀬川志賀子　では逆瀬川志賀子さんの政見放送です」

その後、逆瀬川志賀子のバストアップ。

逆瀬川志賀子　みなさま　こんにちは　不自然撲滅党《ふしぜんぼくめつとう》の　逆瀬川志賀子でございます　不自然な世の中でございますね　本日　私がみなさまにお伝えしたいのは　赤ちゃんでもないのに　ご飯を自分で食べられない人は死ぬべきだ　ということです　もちろんでございますね　例えばサバンナに歯が抜けて肉を噛《か》めないライオンがいたとしてそんなのはもう死ぬしかないですよね　人間の場合　歯が抜けても　偽の歯まで生やして食べようとします　皺《しわ》だらけの顔に不釣り合いな人工の立派な歯　入れ歯ほどあさましいものはありません　ですからです　まず入れ歯は無論《むろん》禁止です　動物はちゃんと死にますが人間は不自然な手段で生きようとしますそんな人間を生かすために誰かが犠牲《ぎせい》になっているのです　食べれば　下から出てきます　ご飯が食べられない人が自力でトイレを済ませることができる訳ありません　うんちは厄介《やっかい》なものです　どうしてだか魔力的な魅力なのか引力を持っていて　一度見ると忘れさせてくれません　見た目はチョコレートに似ているのに　チョコレートとは決定的に違うのです　うんちとチョコレートゴキブリとカブトムシ　ゲロと塩麹《しおこうじ》　似て非なるものです　チョコレートは食べるけれどうんちは食べません　赤ちゃんには長い時間があり　老人にはない

老人はもうじき死にます　と見せかけて　なかなか死なないのです　なかなか死なないのが老人です　では　本日あなたはどちらかを目撃するとします　未来のある赤ちゃんの漏《も》らしたうんち　未来のない老人の漏らしたうんち　どちらを選びますか　私なら未来のある赤ちゃんの漏らしたうんちを選びます　食べて　排泄《はいせつ》する　生きようとする行為は未来のある人のすることです　未来がないのに食べて排泄するなんて自己満足です　例えばそれが自分の母親だったらどうするのか　と言う有権者からのご意見もあります　それはもちろん　死んでもらいます　もう必要のない人間ということですから　食べられないということはもう死ぬときだという証拠なのです　もう死ぬときだ　と神様とかそんなひ弱なものではなく自分自身のからだに言われているのですすなわちです　私が死ねと言っているというより死なせてくれと母親から言われているということです　殺せないという理由からどこかに隔離して生かしておくなんて私はしたくありません　母親が不自然に生きている姿なんて見たくありません　生かしておいてそのくせ全然面会に行かない人ばかりです　なんのために　なんのために　生かしているのですか　殺せないからです　つまらない道徳心が邪魔をしているのです　ですからです　もう自分でご飯を食べられない　というので線をひきましょう　そうすれば　救われる人がたくさんいます

映像、消える。

A　この党いまけっこう支持されてるらしいよ

B　え　やばめ　老人には優越感抱けると思ったのに　つらたん　どんどんブスの仕事なくなるわ　こうやってまず老人を消して　間接的にブスも消す作戦なんだよ　あ　じゃあ私　老人を殺す仕事するわ　コンビニがこの世に在《あ》る限りお腹空《す》いた　帰ろう

A　帰ろう

AとB、歩きだす。

【音声】逆瀬川志賀子の街頭演説
途中から徐々にボリュームが上がる。

逆瀬川志賀子　ありがとうございます　ありがとうございます　逆瀬川志賀子　逆瀬川志賀子でございます　平均の顔の研究というものがあります　コンピューターをつかってたくさんの人間の顔を合成し平均の顔をつくります　その結果　非の打ちどこ

ろのない美男美女の顔が出来上がります　すなわちです　美男美女というものは平均ということです　ですからです　平均である美男美女に　決定的な　不健康や知性の欠如　というものはあり得ないと言われています　私たちがなぜ美男美女に魅了されるのか　と言いますと　原始時代　今のように整った顔をしている人は少なく　多様でがちゃがちゃとした顔をしている人ばかりでした　すなわちです　決定的な不健康や知性の欠如を持った人ばかりでした　そのため人類は生き延びるために平均的な顔に魅力を感じるようになったのです　美男美女は健康や知性の保証印ということです　顔というものはそういう風につかわれてきたのです　そうやって私たちは最低限の健康と知性を保ち現在まで命をつないできたのです　これはもう本能です　ですからです　美男美女ではないのに現代でも生き残っているひとは　死ぬべきです　だってそんなの不自然ですよ　ブスの定義ほど曖昧《あいまい》なものはありません　個性的な顔をしていても例えば性格が明るかったりすれば　魅力的に見えたりしてしまったり　またメイクやヘアスタイル　ファッションによって　ごまかされてしまったり　世の中にはそんなことがたくさんあります　こちらも不自然です　人間のこそくな技です　ですからです　私は平均の顔さし　わかりやすくいいますと顔の物差しですね　というものをつくりまして　顔さしで顔を測って　何センチずれたら死ぬべきです　ということにいたしましょう　でも平均にしてしまったら

決定的な知性の欠如もなくなるけれど　とびぬけた天才もいなくなるのではないか　と有権者のなかからこういうご指摘もいただきます　おっしゃる通りでございますね　アイドルに天才はいません　いたら大騒ぎされてしまいます　突然変異です　すなわちです　平均だからです　皆さん冷静になってよくお考え下さい　天才は必要でしょうか　この世に天才がいなくなると困りますか　困りませんね　それを証明するかのように天才を表す顔の指標はありません　つまり必要がないからです　原始時代から天才は必要とされていなかったのです　天才というのは生き物にとって迷惑な存在なのです　これ以上の文明の発達に私たち人間はついて行けるのでしょうか　天才のせいでどんどん不自然な世の中にされています　悪魔ですよ　天才なんて死ぬべきです　平均　美男美女　を保護しましょう　最低限の健康と知性があれば困らないのです　それが人間の　生き物の　本来の生き方なのです

ＡとＢ、演説に対してそれぞれ対照的な反応をする。

Ａ、歓喜し踊る。

Ｂ、苦しくなり歩行もままならなくなる。

俳優、ＡとＢを交互に演じながら歩く。

Ｂ、とうとう歩けなくなり道端に座り込む。

音声、消える。

B　いよいよ生きるの無理だわ　消えろ消えろ消えろ消えろ（自分の手で自分の首を絞《し》める）どうでもいいわ　誰もこまらねえ　一刻も早く消えてほしい

間。

A　私さ　整形しようかと　思ってんねん

B　え　やばめ　整形　整形どころではない　顔面大工事《だいこうじ》だし　つらたん　もう立ち方とか表情とか体形とかすべてがブス　顔面大工事した後に最低でも三年は二四時間営業のスパに住んで三六五日岩盤浴《がんばんよく》に入って毒出して　頭の先から爪の先までオイルマッサージしてもらわないとブスはなかなか抜けねえから　それから全身脱毛して　髪の毛も全部永久脱毛してかつら被れよ　毛の一本一本ブスだから　毛も全部抜かねえとブス抜けねえから

A　うん　わかってる　全部やるね　それで全部ブス治せたら　金座で働くのきんざではなくかねざ　ゴールドではなくマネーのほう　私ってブスだからたぶんトークも普通の子よりきっと普通じゃない天才のトークができると思う　私たぶん天才だと思う　私のこの顔にもし　天才の顔さし　をあてれば一ミリ

もずれないと思うっぴー　でも能ある鷹《たか》は爪を隠すって言うでしょ　だから整形してさ　顔は普通の顔だけど中身は天才のままでさ　それって一人勝ちじゃない？　普通の子より　超モテて　稼《かせ》ぎまくる　それで借金返済しながら　お金持ちの超超超かっこいいおじさんと出会って付き合う　同情してくれて半分くらいおじさんが借金返してくれたらいいなって思ってる　結婚できなくてもいい愛人でもいい

B　え　やばめ　まず奇跡的にうまくいって付き合えても元々ブスだってばれたらすぐ破局だし　殺される可能性も大あり　情状酌量《じょうじょうしゃくりょう》の余地大《おお》あり

A　なんとか同情してもらって許してもらえないかな　私の天才のトーク力でそっちに持ってくの　男って女を自分より下に見たいってきいたことあるよかわいそうってチャームポイントになり得るんじゃない　誰だって良いことをしたいんじゃないのかなあ　病気の犬をひきとって飼う人もいるでしょ　わんわん　健康な犬だっているのにさ　保健所で病気の犬が連れて行かれて　健康なのに残っちゃって殺されることだってあるんだよ　すごくない？　希望の光　私もそんな感じで病気の犬的な感じになれないかな　お前みたいにうんここねてる老人に死ねばいいのにって思いながら世話したい人もいるんだし死ねばいいのにってブスを世話したい人もいるよきっと

B　そんなのド変態に決まってんだろ　うんこ食わされるぞ　夢は見るもんじゃねえ

食べるもんだbyバク

A　私さ　交尾してみたいと　思ってんねん

B　え　やばめ　自分が良ければそれでいいのかよ　間違って妊娠したらどうすんだよ　ブスは発情しても自分一人でどうにかしろって保健の授業で習っただろ　レディコミ貸してやるから　親の代の失敗まだ繰り返すのかよ

A　ねえ　あそこってさ　ブスも普通の子も　同じなのかな

B　え　ああそれは同じつくりらしいよ　お前みたいに臭《くさ》くないけどな　普通の女子《じょし》でも同じのがついてるんだって　上の口《くち》も　下の口もくせー

A　お前もな　え　でもそうなんだ　よかった　あそこは整形しなくていいんだ！　じゃあ普通の子も生理ってあって　毎月血《ち》出してるんだよね？

B　当たり前だし　あっちは子孫残すべき生き物だから　むしろあっちからしたらうちらにまんこがあって生理あるのかってほうが疑問でしょ　なんのためだよって　子孫残す気かよって

A　そっか　そうだよね　普通の子も月に一回私たちと同じようにお腹痛くて苦しんでるって思うとお腹痛いのもなんか嬉しいな　今度生理きたらじっくり自分の血を愛《め》でてみようかな　普通の子と同じなんだなあって　あ　汚物入《おぶつい》れに入ってる普通の子のナプキン一個もらって帰ろ　それで整形が成功するまで大事に持ってるの私　お守り　かわいくなれるきがする

B　A　B

え　やばめ　あっちからしたらきもいだけ
私　赤ちゃん産みたいと　思ってんねん
え　やばめ　だめだし　全体のこと考えろよ　これ以上ブスなんていらねえん
だよ　お前が死んだらお前は終わり　ブスは終わりにしようよ　もし赤ちゃん
のときかわいくても大きくなるにつれて絶対疾患出てくる　どうにかお前に
似なくて普通に育っても孫の代に影響出てくる　自分が良ければそれでいいの
かよ　子孫の身になれっつーの　むしろ国民の身になれっつーの　ブスなんて
生きてるだけで公害でしかねえんだよ　日本のきれいな景色を壊すなよ　どう
しても子供欲しいなら　かわいい孤児をもらって育てろよ　価値ある命を育て
ろよｂｙブス
私自分のがいい
……

A　B　A

私　自分のがいい　ブスだけど　自分のがいい　自分のがいい　え　なんか
自分のがいい　私　自分のがいいなあ　自分の　自分の子供がいい　自分の
がいい　ブスだけど　私自分のがいい　普通の子と同じ　まんこ　ついてて
同じように血が出てるってことは　これは私も普通の子みたいに子孫繁栄して
いいってことだよね　口があって自分で食べれるなら生きていいって言うのと
一緒だよね　まんこ　あるなら子供つくっていいんだよね　っていうことはさ

え　産まれたってことは生きていいってことだよね　私のこのかたちはそれは
　確かだよね

A、舞台全体をつかい踊る。
その後ばたりとうつ伏せで倒れる。

A　うちなー　石鹸《せっけん》でからだ洗って　石鹸の匂《にお》いになって　サラサラしてるからだ
で　それから畳《たたみ》でうつ伏せでじっとしてると　濃い汗が出て　脇《わき》が湿気てくん
ねーん　石鹸と混ざった　その匂いがめちゃいい匂いで　こんな匂いうちから
するんやって　そしたら　自分のことをめちゃいいような気がしてきてーん
それで私　交尾したい　と思ってんねん

A、交尾を模倣《もほう》した動きをする。

A　交尾したいと　交尾したいと　思ってんねん　交尾したいと　交尾したいと
思ってんねん　交尾したいと　交尾したいと　思ってんねん　交尾したいと
交尾したいと　思ってんねん　交尾したいと　交尾したいと　思ってんねん

俳優、座布団に座る。

A　交尾したいと思ってんねん　肉をぶるぶる揺らしたいの　私普通の顔して天才のトークするの　顔を普通にしてさ　普通のふりして天才のトークするの　顔も普通で天才のトークもできたら　完璧　人工のスーパー人類　人類を極めた　人類のなかの人類で　人類だからこその人類で　完璧の人類だよね人力の突然変異起こして超モテて　金座で稼ぎまくるの　きんざではなくかねざゴールドではなくマネーのほう　それで自分の子供　天才の子供産むの

B　え　やばめ

A　お前もな　きっとお前も天才だよ　だってお前のトーク天才のトークだよ　超面白いっぴー

B　口くせー

間。

B　でも確かに　自分でも　自分のトークに　才能をうすうす感じてはいた

間。

俳優　お後がよろしいようで

俳優、退場する。

二部　ゴキブリ

照明、暗転。
暗闇のなか声が聞こえる。

どんな親でも子供が通常の姿に産まれてくることを願うと思います　そのことを誰も責めることはできません　異常の姿に産まれてくることを願う親はいないと思うのです　異常　は生き物ではありません　現象です　現象はなにかに取《と》り憑《つ》かなければ見えない　お化けなのです　そのお化けが見えてしまうことを私は恐れていました

照明、明るくなる。
舞台上にはマイクスタンドがある。
俳優、登場。
マイクスタンドの前に立ちマイクに向かってテキストを発話する。

お前　お前　お前　お前聞こえますか　私がお前を妊娠したとき　私は線路沿いの小さな小さな一軒家に住んでいました　家の隣の隣には豚骨《とんこつ》ラーメン屋がありそれはそれは汚い店でした　豚の骨や不要な灰汁《あく》でしょうか　脂《あぶら》の塊《かたまり》ラードのようなものがビニール袋に入って店先に放置されていたりしましたいつも辺り一帯豚骨のむっとする獣《けもの》の臭《にお》いで充満していて　それはどう考えても私の感覚では食べ物の臭いではない　確かに肉の臭いなのですが　おいしそう入りたい　とはとてもとても言えない　そんな店なのに　いつも数人のとび職風の人がそのくさいラーメンを食べているのです　近所の家を解体している人たちでしょう　遠くに食べに行くのが億劫《おっくう》でここで済ましています　誰も食べに来るなと私は願っていたのに　誰も来なければつぶれるだろうに
私はここに住んでから一度も洗濯物を外で干せていません　せっかく洗ったのに干せばすべて豚の臭いに汚染されるでしょう　それになんだかべとべとしそうです　空気中に蒸発した豚の脂が漂っているような気がして　窓も開けるのが

嫌でした　そしてなによりも　ゴキブリが出ました　テレビを見ていて　ふっと壁のほうを見るとゴキブリが触角を私のほうへ動かしながらこちらの様子をうかがっている　それを見た瞬間　わっと大きな声が出る　ゴキブリはあの速さで逃げていきます　私はネットでホウ酸団子のレシピを調べて手作りしましたゴキブリが食べますようにと　小麦粉砂糖牛乳のほか贅沢《ぜいたく》にリンゴとジャガイモと玉ねぎと蜂蜜《はちみつ》まで入れ　そこにゴキブリが死にますようにと　ホウ酸をレシピの三倍の分量入れてミキサーにかけました　そうしてできた生地《きじ》をせっせと丸め団子を拵《こしら》え　家中の隅々に置きました　私の見ないときに勝手に団子を食べて私の見ないところで勝手に死んでほしい　しかしゴキブリは全然消えません暑くなるにつれて消えるどころか　増えているのです

音楽。
以下、俳優はテキストを歌う。

ゴキブリは私の団子なんかより　豚の脂を食べているのでしょう　ラーメン屋の店先に捨ててある豚の脂のほうが臭いが強烈ですし私のつくった団子より栄養もありそうです　毎日毎日捨ててあるので食料に困ることはないでしょうむしろ太りすぎて困っているくらいなのかもしれません　ゴキブリは豚の脂を

食べて丸々太り　黒いからだをさらに黒く光らせて　盛りになるとメスは私たちには到底わからないフェロモンを出し　オスはそれに反応し　交尾をし交尾をすれば必ず受精し　小豆《あずき》のような三十個の卵が詰まっている卵鞘《らんしょう》というものを産みます　産んだ後もお腹にはりつけて持ち歩き　羽化《うか》するぎりぎりに暗く湿気のある安全な場所に置いておくのです　卵が孵《かえ》り三十個の卵から三十匹の赤ちゃんが産まれ　その赤ちゃん一匹一匹がまた豚の脂を食べてすくすく育ち立派な大人になり　そのときがくればちゃんと発情しフェロモンを出し交尾をし　受精をし　産卵をし　卵が孵り　また三十匹の赤ちゃんが産まれるという繰り返し　一匹のメスは一生のうちに二十個～三十個卵鞘を産むのだそうです　ということは一生のうちに最大九〇〇〇匹の子供が産まれ　その九〇〇〇匹も　それぞれ九〇〇〇匹の子供を産むのですからまさに子孫繁栄初めの頃こそ　わっ　と声を上げて逃げられていたのですが　それも毎日のことになると声も出さず　表情一つ変えず　私は静かに　雑誌を丸めたもので叩き潰していました　叩いて　内臓の飛び出たゴキブリが脚をバタバタさせながら苦しんでいる　それをもう一度叩く　そしてもう一度叩く　そしてまた叩くもう死んでいるとわかっていても何回も何回も叩く叩く　そうしたところで何にもならないのですが　何回も何回も叩く叩く　叩く　ということがありますオーストラリアには人口の三倍のカンガルーが生息しています　我が家には

私と夫に対して何倍のゴキブリが生息しているのでしょう

せっせと拵えたホウ酸団子は食べられることなく家のそこら中の片隅にほこりをかぶって置いてありました　私は暮らしに投げやりになっていたのです　私は日々めんどくさかったのです　お金を貯めて引っ越しがしたい　どこでもいいラーメン屋の近くでなければ　豚の臭いがしなければ　ゴキブリがいなければ　どこだって天国だわ　と夫に引っ越しの話をしました　それが現状叶わないことはわかっていました　夫の稼ぎは少ないのです　牢屋《ろうや》のような場所で老人の排泄物を片づける仕事が　涼しい室内でソファーに座り酔っ払いの相手に酒を飲む仕事よりどうして給料が安いのですか　不公平です　でも本当は私はなんでもいいから夫を責めたくて　引っ越しの話を材料にしていただけなのです　私は引っ越しもめんどくさかったのです　私はめんどくさかったのです　隣の家の人だってそうでしょう　受け入れているのではなく　否定するのでもなく　めんどくさかったのです　ここら辺一帯そういう空気が流れています　夫はセブンイレブンの自社ブランドの発泡酒を飲みながら　私の話を聞いているのか聞いていないのか　夫もめんどくさいのでしょう　めんどくさいのでしょう

電気を消すと　夫は私のパジャマに手を入れて触《ふ》れてきました　私はしたいと
思っていたわけではないけれど応じました　眠れるかもしれません　最近は
運動不足でなかなか眠れないのです　私たちの交尾は決められたプログラムを
こなす運動です　もう何年も同じやり方で何度も繰り返しています　私はベッド
の上で揺れながら考えていました　ゴキブリの交尾のことを　ゴキブリの交尾
のことを　ゴキブリのメスは一回の交尾で何回も受精し産卵することができる
のです　お腹のなかに入ってきた精子を溜《た》めこみ　それを少しずつ受精させ繰り返し繰り返し産卵をするのです　しかもメスしかいない場合でも生殖が可能
な　単性生殖　という生態を持つゴキブリもいるのだそうです　通常の交配に
比べ　異常の　異常のある卵が産まれる確率が高くなるのですが　そんなにまで
どうしてそんなに増えようとするのですか　生きようとするのですか　なんの
迷いもなくただただ自分の仕組みに従ってからだを動かす　動かす　原動力は
なんですか　この交尾でお前を妊娠していました

俳優、叫ぶ。

埃《ほこり》をかぶったホウ酸団子をいい加減捨てよう　夫が血迷って食べてしまったら
自殺を図ったら　次の朝　私が起きると　夫の姿はありませんでした　私は

ホットケーキの材料を買いにスーパーへ　私たちは恋人の頃よくホットケーキをつくっていたのです　今日はホットケーキをつくろう　と夫の叫び声をきいた私は思ったのです

僕はバルサンを焚《た》いた　あの夜　なにかこそばゆい感じがして　目を覚ますと　ゴキブリが背中に上ってきていた　ぱさぱさした質感　素早く移動する細かい足の動き　そして　意外な　生温かさ　生き物のもっている　生温かさがゴキブリにもあり　それが肌に残っていて　急いでシャワーを浴びても　そのゴキブリの生温かさは　離れなくて　離れなくて　眠れなくて　電気をつけた部屋で街をつくりながら起きていた

僕は街をつくるスマフォのアプリをする　そこで街をつくったところで意味はないのに　人差し指で　家を建てたり　畑を耕《たがや》したり　お店を開いたり　その配置を変えたり　何時間も何時間も街をつくることはやめられない　この街はどこにあるのか

そのまま朝がきて　バルサンを買って家に帰ると妻がいない　もうやっちゃえとバルサンをセットしてまた出かけた　タリーズに行き　街をつくっていたそこで街をつくったところで意味はないのに　何時間も何時間も街をつくることはやめられない　隣のテーブルの　パソコンでなにか書類をつくっている

サラリーマンが貧乏ゆすりをしている　踵《かかと》をずっと上下に振動させている
それが気に障《さわ》る　舌打ちをしても止めない　バカ　消えろ　と思いながら
街を何時間もつくっていた　この街はどこにあるのか

夫は　バルサンを五つも焚いていました　この家の広さなら五つもいらないのに
ホウ酸団子にレシピの三倍のホウ酸を入れていた私はその気持ちに共感をしま
した　ゴキブリたちは　苦しみながら死んでいるでしょう　原爆の投下の長崎
や広島のようなことが　私の見えない　この家のどこか　ゴキブリの世界で起
こっています　そこではお父さんやお母さんがじたばたしながら死んでいく傍《そば》
で泣きながら自分もじたばたしながら死んでいく少年のゴキブリがいます　小
学生の頃　修学旅行で被ばくした人の話に　そのときは何が起こっているのか
わからない　数日後　原爆という言葉をきかされ　ああ　そういうものの被害に
あったのだとやっとわかったという話がありました　ゴキブリも同じように
いまなにが起こっているのかわからないという状況にあるのかもしれません
でもゴキブリの場合　生き残っても　あ　バルサンを焚かれたのだとわかれず
ただ大量に死んだ　ということだけがあるのかもしれません　この世界にいる
生き物すべてが私に生きていてほしいなんて思っていることはないでしょう
私に死ねと思っている生き物だっているでしょう　ていうかほとんどそう

でしょう　世の中に人が溢《あふ》れていて　電車とか　嫌です　私に生きていてほしい
理由をみつけるほうが難しいのではないですか　私は煙を吸ってしまいました
そしてお前に異常が取り憑いていました

私は子供にクラシックバレエを習わせたい　みなさん　バレエ教室の発表会が行われます　舞台袖では　白いレオタードに　白いタイツの細い脚　ピンク色のチュチュ　お団子頭の少女たちが楽しそうにこしょこしょ話をしながら出番を待っています　お喋りしないの　と先生に注意をされながら　吊り目　たれ目　糸目《いとめ》　受け口　たらこ唇　出っ歯　下膨《しもぶく》れ　絶壁《ぜっぺき》　それぞれ少しずつ難はあるけれど　その光景は総じてうつくしくみんな妖精《ようせい》さんのようです　その少女たちのなかに　言葉ではない唸《うな》り声をあげて　こしょこしょ話の輪に入ろうとする手も足も顔もなくナメクジのように這《は》ったところに血の跡を残しながら移動する　むきだしの臓器　生きているだけがある　生き物そのもの　生き物でしかない　私の子供が見えます　そんなものが見える世の中どうでしょうか
みなさん　でも安心してください　そんなものはまず見ることはないのです　そんなもの見えないように　誰かが隠してくれているのだから　見えないのです　見えないものなのです　私はそんなもの見たくないのです　誰だってそんなもの

見たくないのです　お前は見えないものです　見えないことにされるということは　見えないことと同じなのです　そうやって　子供たちのバレエの発表会を守ってくれています

またタリーズで街をつくっている　埃をかぶったホウ酸団子が消えていたゴキブリのからだは　殺虫剤にどんどん強くなっているらしい　昔の殺虫剤はもういまのゴキブリには効かないらしい　ゴキブリは僕のことをどれくらい知っているのか　なにも知らず　知らず知らず　からだを変えられているのかそれともとても知っているのか
この街はどこにあるのか
この街は僕のいまいる街で　いま思い付きで動かした家は僕の家　僕のようなだれかの人差し指の動きに僕は動かされている　そのことには一生気付けない僕の街の外側にタリーズという場所があることに気付けない　僕のようなだれかの思い付きでつくっているもののなかで　自分のからだをかえられていることにも気付けず　僕はそのなかに生きていることしかできないのか
異常のあるゴキブリ　異常のあるゴキブリ　異常のある卵から産まれた　異常のあるゴキブリ　異常のゴキブリが私の家では出るようになったのです　まるで

犬のようだし猫のようなのです　全部のペットのいいところを兼ね備えたような生き物　それが異常のゴキブリでした　私は異常のゴキブリにおいしい餌《えさ》をあげてキスして同じ布団で眠りました　こんなにかわいい生き物みたことない　異常のゴキブリは　異常だから　ものすごくからだが鈍感　触覚嗅覚味覚聴覚視覚五感すべてが　従来のゴキブリより鈍感　鈍感だから　死ぬことができなかったのです　バルサンに全然反応せず　死ぬということができないのです　というかもしかすると　死んでいるのに鈍感すぎてそれに気付いていないので　生きているることになっているのかもしれない　異常のゴキブリは　異常だから　私たちのもう理解できない異常な生き方をしているのです　バルサンを五個焚かれる日のために　その日をもう見越して　異常のゴキブリは鈍感　触覚嗅覚味覚聴覚視覚五感すべてが　鈍感な　その生きづらいからだで生きていたのです　それを引き受けている異常のゴキブリに　通常のゴキブリたちは感謝していたであろうし　通常のゴキブリは食べ物がなくなったとき　自殺しその死骸を異常のゴキブリに差し出し　異常のゴキブリを守ることさえしていたのです　そうやってバルサンを五個焚かれるその日に備えて　ゴキブリはこれまで生き延びてきたのです　だとすると　お前だってバルサンを五個焚かれるその日のような可能性を引き受けているのかもしれず　その日にはお前の異常は生命力となりお前こそ生き延びるのです　お前の異常はこわいお化けではないのかもしれない

私こそ水に流されてお化けになるのかもしれない

音楽、止む。
俳優、退場する。
照明、暗転。

三部　マングルト

登場人物
・礼子《れいこ》
・絵美《えみ》
・小室淑子《こむろよしこ》

どこかのセミナー会場。
舞台上にはテーブルが一つ置かれ、映像が映し出される。

【映像】パワーポイント
文字「マングルトの会～菌への眼差しを～」

三部は「マングルトの会」というセミナーの途中から始まる。
礼子と絵美、観客をセミナーの参加者として扱う。

絵美　ではここでよせられたお手紙を少し読ませていただきます　練馬区在住　釜井《かまい》達《たち》
春陽《はるひ》さんからのお手紙です

絵美、便箋を広げ読み上げる。

「もう歯が一本しかなくて、その歯もぐらぐらです。寝ている間に寝返りをうった振動でポロっと抜けて朝起きたときに歯はなくっているかもしれません。その緊張感に耐えられず自分で一思いに抜いてしまおうかと思っています。だからその前に最後の晩餐《ばんさん》をしようと思っています。歯が一本もなくなれば無意味な食事は許されなくなりますから。でももう食べたいものがないのです。歯も一本しかない、食欲もない。いつも通りおかゆでもいいかもしれない。だけど最後です。もうこれで最後だと思うと、なにかしなければいけない気持ちになります。

私と同じようなことで悩まれていた方の話を風の噂《うわさ》で聞きました。その方は、若い頃にお肉が好きだったので、最後の晩餐にはりきってしまって、有り金をつぎ込んで焼肉に行ったんですって。でも私と同じような介護士を雇えない老人の有《あ》り金《がね》なんて数千円です。そうなると必然的に、『安安《あんあん》』ですよね。それで『安安』に行ったそうですが、結局歯もなく食欲もないので、せっかく無理して行ったのに食べられず、肉が網《あみ》の上で焼けていくのをただ見ているだけで終わってしまった。それが最後の晩餐だった、というのです。それを聞いて私は寂しい気持ちになりました……」

礼子　いかがでしょうか　私共《わたくしども》はこういう方にマングルトをぜひ食べていただきたいのです　このお便りの春陽さんは最後の晩餐に自分のマングルトを食べることを選ばれました　そして心やすらかに旅立って行かれました　良かったですね

絵美　そうですね

礼子　はい　ということで　ここでひとつ　みなさまにマングルトのおいしい食べ方をご紹介させていただきます　ライタというサラダをご存知でしょうか　インド料理店でよくサイドメニューにあるサラダです　辛《から》いインドカレーの箸休《はしやす》めいえスプーン休めといいますか　カレーにぴったりのこのサラダをマングルトでつくります　はい　では材料は

【映像】パワーポイント
文字「材料　・マングルト　・キュウリ一本漬け　・ブラックペッパー
・クミン」

絵美、用意していた材料を舞台袖から運びテーブルの上に置く。

礼子　もちろんマングルトですね

絵美、ガラス容器に入ったマングルトを参加者に示す。
以後、礼子の説明に合わせて絵美は食材を参加者に示す。

礼子　マングルトをサラダにつかう方は少ないのではないでしょうか　朝食にプレーンで　蜂蜜を少し垂らして　という方がほとんどかと思います　ですがマングルトサラダにもなるんです　いやいやそのままでと思う方もいらっしゃるかもしれませんが　マングルトって市販のヨーグルトよりさっぱりしてますし　お食事にも相性良いんですよね　固定概念にとらわれずいろんなものにマングルトをつかってみていただきたいと思っております　それからキュウリの一本漬《いっぽんづ》け

このように一センチ角切ってください　フレッシュなキュウリでも構いません
が　私共は漬物をつかいます　では問題です　発酵《はっこう》食品と発酵食品じゃない
食品があります　どちらを選びますか

間。

礼子　私共は迷わず発酵食品です　このキュウリも絵美《えみ》ちゃんが作ってきてくれたん
だよね

絵美　はい

礼子　あ　ご紹介します　絵美ちゃんです　彼女は最近　マングルトで得た知識を
活かし　漬物のほうに興味がうつっていまして　ね

絵美　はい　いまは日々まんこをつかって漬物の研究をしています

礼子　うん　近い将来彼女の技術がみなさまにも浸透《しんとう》するときがくると思います　ね

絵美　いやいや

礼子　それから　ブラックペッパー　はい　それからお好みで　クミン　はい　すべて
マングルトに入れて混ぜます

絵美、スプーンですべてを混ぜ合わせる。

礼子　これでできあがりです　いかがでしょうか　簡単ですよね　ぜひ明日のマングルトからお試しいただきたいと思います

絵美、片づける。

【映像】パワーポイント
文字「自分の臓器を自分に移植するくらいしあわせなこと」

礼子　いまは亡き淑子《よしこ》先生の言葉に「自分の臓器を自分に移植するくらいしあわせなこと」というものがあります　これはどういうことかと言いますと　皆様よく耳にされる

【映像】パワーポイント
文字「地産地消」

礼子　地産地消《ちさんちしょう》という言葉がありますが　地域でできた食べ物をその地域で消費することです　消費者と生産者が互いの顔が見える関係で食べ物の売り買いをします

食の安全意識の高まりと共に急速に普及しておりますが　マングルトの場合
どうでしょうか　地産地消　どころではなく

礼子

【映像】パワーポイント
文字「自産自消」

自産自消《じさんじしょう》　です　自分のからだでつくった食べ物を自分でいただく　ですから
これ以上の安心はありません　みなさん自分のことは自分が一番知ってるんで
す　まずその自信を持っていただきたいと思います　これはなかなか意識され
ないことですがマングルトは時々刻々と変わる私たちの体調に合わせその味を
時々刻々と変えます　その味はその時の自分がほしい味なのです　例えば私の
友人に庭でハーブを育てている人がおりますが　その人は毎朝ご自身で足湯し
たお湯をハーブの水やりに再利用されているそうです　そうするとハーブが足湯《あしゆ》
に溶け出した友人のエキスから友人の体調を察してくれ　オーダーメイドで体調
に合わせた効能を持つハーブに育つのだそうです　魔法のようですが私はこの話
とても共感したんですね　私はマングルトで同じことを感じておりましたので
マングルトの場合　セルフオーダーセルフメイドです

映像、消える。

礼子　ここまでで質問はございますか　遠慮なくどうぞ　絵美ちゃんマイク

絵美、マイクを持って客席へ近寄る。

礼子、以後何度か参加者に質問があるか訊くが、質問が出れば答え、出ない場合は先に続ける。

礼子　はい　では　いろいろなところで何度もお話しさせていただいておりますが　なぜ淑子先生がこういったこと始めたのかをお話しさせていただきます　何度聞いてもその度に新しい気付きのあるお話かなと思いますので　知っている方もそういう心づもりで聞いていただけましたら幸いです　はい

【映像】　パワーポイント

文字「生成り色の妖精～不老長寿マングルト伝～」

礼子　先生の自伝「生成り色の妖精～不老長寿マングルト伝～」付録ＤＶＤを皆様と見ながら進めさせていただきます　では　第二話　風邪事件　より

【映像】自伝付録DVD

生前の小室淑子がインタビューに答えている姿。

小室淑子　あの頃の私は俗にいうキャリアウーマンで　もう仕事仕事仕事の毎日でしたね　平日は連日連夜深夜三時頃まで残業をし　たまの休日でさえ自宅で仕事をするほどでした　私は実家におりましたので　母や父や妹　家族のものは心配していたでしょうね　私は取り憑かれていたのですね　鬼に　あの頃　私はよく『鬼ころし』というお酒を飲んでいたことを覚えております　そんな恐ろしいお酒を飲まないでは自分を保っていられない状態なのでした　そんな暮らしをしていましたから　ある日とうとう限界がきてしまって　助けてくれー　とからだが大きな悲鳴をあげて　ひどいひどい風邪《かぜ》をひいてしまったんですね　悪寒《おかん》　発熱《はつねつ》　咳《せき》　関節痛《かんせつつう》　嘔吐《おうと》　下痢《げり》　とすべての苦しい症状《しょうじょう》が出て本当につらくて　私はもう耐えられなくて　近所の病院に駆け込んだんですそして　お医者に処方された抗生物質《こうせいぶっしつ》を勧《すす》められるがまま飲んでしまったんです

映像、消える。

礼子　いかがでしょうか　先生は若い頃　多忙な毎日を送られていたんですね　抗生物質はからだのなかの菌を殺す薬です　抗生物質は風邪のような悪さをする菌も殺しますがデーデルライン桿菌《かんきん》のような良いことをする菌も殺してしまいます　先生は処方された抗生物質を飲んだことにより膣《ちつ》にすんでいるデーデルライン桿菌をも殺してしまいます　こちらも毎度のことですが　デーデルライン桿菌についてご説明します

［映像］パワーポイント
デーデルライン桿菌の写真。

礼子　デーデルライン桿菌とはデーデルラインが発見した思春期以降の女性に宿る乳酸菌です　思春期以降の女性の膣には女性ホルモンの働きによりグリコーゲンが出現します　デーデルライン桿菌はそのグリコーゲンを栄養に膣にすみつくのです　デーデルライン桿菌は乳酸を出し膣の中を酸性に保ちます　そのことによりカンジダ菌などの増殖を抑えてくださいます　先生はそんなデーデルライン桿菌を抗生物質で殺してしまったがために膣内のバランスが崩れ　その結果カンジダ菌が増殖　カンジダを発症してしまわれます　カンジダになったことの

ある方はわかるかと思いますが　まんこが痒《かゆ》くなり　酒粕《さけかす》のようなおりものが出ます　先生もまんこの痒さに苦しんでおりました

映像、消える。

礼子　では　ここまでで質問ございますか

絵美、マイクを持って客席へ近寄る。

礼子　今日はたくさん男性の方もいらっしゃってますね　ありがとうございます　よく「男性にもマングルトつくれないんですか」というご質問も受けますけれどデーデルライン桿菌は思春期以降の女性に宿る菌ですので　女性しかつくれないんです　淑子先生は女性でしたので　女性のからだから産まれた知恵ということになりますけれど　でも菌っていうのは　すべての人間　いえ　すべての生き物にすんでいるものですから　菌へ眼差《まなざ》しを向ける　そして意識を変えるということは　男性も女性も関係なくすべての方に　地球に生きる生き物に共通する知恵ですので　そういう心づもりで参加していただけますと幸いです男性でも「マングルトのようなものをつくりたい」と思ってくださった方

素晴らしいと思います　ぜひなにか男性のからだでつくれる食べ物を研究して
みつけていただければいいなと　そんなことが起きるといいなと　心から私共は
願っております

間。

礼子　では続きいきましょう　第三話　言えない　より　どうぞ

【**映像**】自伝付録ＤＶＤ

小室淑子　しかし私は「まんこ痒い」とはとてもとても言えなかったんです　さかのぼりますと　あれは小学五年生の時ですね　細川依子《ほそかわよりこ》さん　っていう友達から『エロエロメイデンスペシャル☆みんなの体験告白号』という雑誌を渡されたんです　その雑誌にはその頃の私と同じような歳の幼女が　あの　先生とか兄とか父とか　あとはペットのビーグル犬とかとした　性交渉の体験談があってぬちゃぬちゃ　というような擬音語の表現を印象的に覚えてますけど　そういう幼女の身の回りの世界を一変させてしまう危険な雑誌でした　もういまではないと思います　もう廃刊になってますよね　私はあのなにもわからないの

ですけど　多感な時期でしたから　『エロエロメイデンスペシャル☆みんなの体験告白号』を夜な夜な繰り返し読んでいまして　いつも読んだ後は　その当時つかってた机の一番上の鍵のかかる引き出しにしまっていたんですけどある日油断して出しっぱなしにしてしまって　母にその雑誌を発見されてしまったんです　母は厳しい人でしたし　その頃ちょうど少女がレイプされた事件があったので　母はそのことを人一倍悲しんでおりましたので　忘れられないのですが「あんたはあのレイプ魔と一緒よ」と泣かれて　三日間も口をきいてもらえませんでした　多感な時期にいた私にとって本当につらいつらいことでした

映像、消える。

間。

絵美

礼子

礼子《れいこ》さん
すみません　胸が苦しくなってしまいますね　以後　先生はこの事件をきっかけに潔癖症になってしまいます　マングルトをつくる前の先生は殺菌殺菌殺菌というマングルトとは正反対の考えを持っていました　先生は喫煙者　お酒を飲む方障害者　太っている方　病気の方などを　不潔なものとして嫌ったと聞いています

そういう人が近くにいるのをみつければ同じ空気を吸わないように息を止め手洗いをしにその場を離れたそうです　もちろん間違っていますけれど　こんなことがあったのなら仕方がないのかもしれません　つまり「自分は清潔だ」「不潔な人たちとは違う」そう思い込むことにより　先生は自分自身を守ったんですね

【映像】 パワーポイント

文字「殺菌＝良いこと」

礼子　殺菌＝良いこと　という考えは　これは先生のように潔癖症とまでいかない大多数の人にいつのまにか根付いている価値観です　そういったグッズ　手ピカジェル　ファブリーズなどですね　たくさん売られております　では　世の中はそんなにも汚いのでしょうか　本当に　殺菌＝良いこと　でしょうか

間。

礼子　では　この価値観に疑問を持ちながら続きを見ていきましょう　続けます

小室淑子

【映像】自伝付録DVD

ある朝　母に「あんたカンジダ?」と言われまして　私はもう冷や汗たらたらですよね　だって性病なんて　また軽蔑されるかもしれないです　母がなんでカンジダとわかったのかというと　洗濯のとき　あのカンジダ独特の酒粕のようなおりものがついた私のパンツを見られてしまったからなんです　私はもう心臓が飛び出しそうでしたけど　母は軽蔑《けいべつ》せずに冷蔵庫からそっとヨーグルトを出して「これをまんこに塗りなさい」と言ったんです　私は母の言う通りに　まんこにヨーグルトをすーっと塗ってみました　すると　すぐにカンジダは治ってしまったんです　あんなにも苦しんでいたカンジダなのに　この日を境に　私は母と和解をし　潔癖症もなくなって　今までの私はなんだったのか　っていうくらいに生きることが楽になったんです　世界との調和です　調和がこんなにも人間を楽にするんだと私は身をもって感じました

映像、消える。

礼子

いいですよね　先生のお母さまも過去にカンジダになられたことがあったのかなとお察しします　カンジダになったことがある方いますか　カンジダっていうのは

女性の五人に一人が経験している病気です　その九〇パーセントがストレスや疲れ　先生のように抗生物質を飲んだことが原因です　性交渉のあるなしに関わらず誰でもかかってしまうものなんですね　そこで　古くから家庭に浸透しているのが

【映像】パワーポイント
ヨーグルトのイラスト。

礼子　はい　ヨーグルト療法です　ヨーグルトをまんこに塗って　膣内に乳酸菌をすまわせます　すると　ヨーグルトの乳酸菌が膣内を酸性にしてくれ　カンジダの繁殖を抑えてくれるのです　いかがですか　あ　この方法　気を付けなければいけないのは無糖《むとう》のヨーグルトをつかうことです　カンジダ菌は糖が大好きですから　加糖《かとう》ヨーグルトですとますますカンジダ菌を元気にしてしまいますからね

映像、消える。

礼子　ご質問ありますか

絵美、マイクを持って客席へ近寄る。

礼子　どうですか　菌をやみくもに殺菌するのではなく　逆に菌をすまわせることにより膣内の菌のバランスをとり　カンジダを治すことに成功しました　カンジダ菌は常在菌《じょうざいきん》ですから　からだからまったくなくなるということはありません　悪さしない程度にすまわせておけばいいのです　苦しめられてはいたけれど　膣内のバランスが崩れているというシグナルを出してくれるのだからカンジダだってありがたい存在です　カンジダが教えてくれなければもっと悪さをする菌が入ってきて手遅れになっていたかもしれないのです　適度にいていただきましょうね　風邪もしかりです　すぐ殺してしまわずに　からだのなかで戦わせて自分のちからで治せばからだが丈夫になると言われております　風邪のときは苦しいですけれど　焦《あせ》らずに過ぎ去るのを待てばいいのです　究極的に言えば

【映像】　パワーポイント
文字「すべての菌に良いも悪いもなく　それぞれの役割を持っているだけ」

礼子　すべての菌に良いも悪いもなく　それぞれの役割を持っているだけ　と私共は考えております　どうですか　殺菌　イコール　良いこと　もう一度考えてみましょう

間。

礼子　先生は目覚めました　先生はヨーグルトをつくってみようと思ったんです　ヨーグルトの乳酸菌がデーデルライン桿菌の代わりに働けたわけですから　デーデルライン桿菌がヨーグルトの乳酸菌の代わりに働けないわけがないです　調べてみますと　どちらの菌も同じラクトバチルス属の菌です　どうですか　ここまででなにかご質問ありますか

映像、消える。

絵美、マイクを持って客席へ近寄る。

礼子　では　マングルトの作り方をおさらいしましょう　本に書かれていますし　ご存じの方が多いと思うんですけど　初めての方もいますのでね　はい

【映像】パワーポイント
マングルトをつくる工程の写真。
礼子の説明に合わせて次の写真に送られる。

礼子　まず牛乳を温めます　温めた牛乳を膣に注ぎ込みます　そして専用の蓋をして一晩《ひとばん》電気毛布をかぶって寝てください　ちょっと暑いですけど毛布の中が四〇度くらいで保たれるよう調整してみてください　そのくらいの温度ですと一番菌が活発に働きますので　そしたら次の朝には　マングルトになってます

映像、消える。

絵美　まんこは一人一つですし　まんこの大きさに限界ありますので　まあ一晩でちょうど朝食に自分でいただくのに良いくらいの量にはなります

絵美、瓶に入ったマングルトと試食用の容器を舞台袖から運ぶ。

礼子　あ　今日のこれは　もちろん全部私のマングルトではなくて　特別にお弟子さんや友人に協力してもらって　この量を手分けして　あ　手というか　まんこです

けれど　協力して集めたわけですけれど　ひとりひとり　ちょっとずつ味が違うんです　私はやっぱり私のが口に合いますね　腸のなかにも乳酸菌いますから腸でも作れるのかもしれないんですけど　取り出すときには便になってるかもしれないですよね

絵美、試食の用意をする。

礼子　はい　特別にこちら今日食べてみたいという方　いらっしゃいますか　食べてみたい方　どうぞ　スプーンもありますので　三名様限定　いかがでしょうか色々な方のものが混ざってるから味わいも深いものになっていると思いますなかなか食べられるものではないですね　とても貴重です　どうですか

絵美、希望する参加者に試食を配る。

礼子　まんこに異物を入れて自分の菌と異物の出会いによって変化がおきて　新しい食べ物が産まれて　それはもう私の新しい姿のような　それを自分でいただくそしてまたそれが吸収され自分になっていく　超自給自足です　私たちって頼もしいですね

間。

礼子

よく　気分が悪い　とか　汚いのではないかということを言われますけれど　不快な思いや汚い　というのはみなさま　どこから感じられているのでしょうか　私はここまでで　汚い話を一度だってしているつもりはないです　しているという方がいれば　どこが汚いのか教えていただきたいと思います　どうぞ

間。

礼子

まんこを口に含んでも健康を害することはないくらいに清潔であることは皆さんご存じですね　ちんこが汚いなんて私はまったく思ってません　だって口にいれても全然お腹《なか》こわさないですからね　おにぎりが良くて　マングルトが悪いとされるほうが変です　食べ物で遊ぶなっていわれますけれど　遊んでいませんし　食べてますし　私共は自信を持って皆さんに先生の発見した知恵をお伝えしているわけです　どこが　不快で　汚いのでしょうか　異論などありますか

絵美　礼子さん　時間です
礼子　あ　はい　では本日はこれで終わりにさせていただきます　物販のほうで自伝のほう販売しております二八〇〇円でございます　ぜひお手にとってみられてください　本当に本日はありがとうございました
絵美　ありがとうございました

礼子と絵美、退場。
間。
観客用の出入り口の扉が開く。
小室淑子、なにか呟《つぶや》きながら劇場内に入り客席を通って舞台上に上がる。

小室淑子　死んだらどうなるのかということを考えていて　それで天国へ行くのとか地獄へ行くのとか　考えていたのですが　答えは出ないですよね　そんなところへ行った人は一人もこの世にいないんだから　だから自分がいまいる生きてる側の方からの死んだ人を　つまり死体はどうなるのかってことを考えました　私なんてもう殺されてもおかしくないような歳ですけど　自分でご飯食べられなくなって山に連れて行かれまして死にますね　でその死体は土になります　だからそうやって私が死ぬと山の土が増えることになります　でもそうなると

地球ができてから死んだ生き物の数は増える一方ですから土も増える一方ですけど　山の土が増えすぎちゃうっていうことはないです　それは　まわりまわって　私が産まれたときには　どこかで山の土が違うものにかたちを変えて土は減ってるからです　そういうことが常に同時に　地球では　起きていますいま私は人間の姿になってますけど　そのことは全体がバランスとってそうなってることで　それは私もしかり　私もバランスをとっているわけです自分は地球の一部だし　地球のすべてが自分だし　わかりやすく言いますとあなたのからだが地球だとすると　あなたはまんこにすんでるデーデルライン桿菌のなかのひとつの菌くらいの存在です　それくらいのものともいえるし小さくて大きな存在というわけですね

終わり。

初出

バッコスの信女 ― ホルスタインの雌　『悲劇喜劇』二〇一九年九月号

妖精の問題　『舞台芸術』23［二〇二〇年三月］

あとがき

第64回岸田國士戯曲賞受賞という、ひとつの節目なので、現在の自分をまなざしの主体としここまでの演劇活動を物語ってみる。個人名は省略した。

私は二〇二〇年現在三十一歳で、二十二歳で劇作を始めたので、それは九年目となる。劇作を始めるまでは舞台俳優を志していた。十五歳、受験を控え進路を訊《き》かれた場面で「舞台俳優になりたいです」と言った。それは受験勉強からの逃げのように出てきた夢だった。私は成績が特別に悪くはなかったが、学校でする勉強を面白いと思わなかった。勉強は、私にとって、からだに良いから食べている苦いもののようだった。受験だからと、以前よりもその苦いものをたくさん食べさせられるなんて。「嫌」というよりも「私たちが生きているということは苦いものを食べるためにあるのか」というそれは、この先もそう生き続けることが始まる気配への深い「恐怖」だった。そんなことを言ってもきいてもらえないので、三歳から十二歳までクラシックバレエを習い定期的に発表会という舞台に立ち、キャナルシティ劇場で観た劇団四季『ライオンキング』で感動した経験を持つ私は、「舞台俳優になりたい」と言ったのだ。そして、筆記試験ではなく、ＡＯ入試で北九州小倉北区にある東筑紫学園高校の演劇コースを受けるストーリーを展開。こうして、私は演劇の道へ進む。

高校では、午前中は一般科目の授業を受け、午後からは、各コース（演劇の他に服飾や音楽などがあった）の専門的な勉強をした。クラシックバレエや日本舞踊や演劇の授業があり、演劇の授業へは地元の劇団で活動をしている俳優たちが教えに来ていた。彼らは「北九州芸術劇場」で公演をしていて、私は彼らから公演情報を聞き、劇場へ地元劇団の演劇を観に行くようになった。それだけに飽き足らず、東京の人気劇団についてインターネットで調べて詳しくなり、東京へ一人でスターフライヤーに乗って演劇を観にでかけた。北九州の高校生にとっては冒険だった。好きなことをさせてくれた両親には本当に感謝する。このときの私の演劇への探求心は今より強かったし、私は北九州在住の高校生のなかで一番演劇のことを知っていただろう。北九州芸術劇場の主催するプログラムにも参加し、そこで東京にある桜美林大学総合文化学群演劇専修で教鞭をとっているプロデューサーやアーティストの方と知り合い、そこへの進学を決める。

大学では、学内の舞台オーディションをできるだけ受け、ほとんど受かり、俳優としてたくさんの舞台に立った。演じる行為には喜びがあり、演劇は間違いなく私の人生を豊かにするものだったが、学内で自分の出演する作品の内容と自分の実生活が繋がっているという感覚は持てなかった。面白いと思っても、それは自分とは無関係の問題を扱っているように見えた。演劇は演劇で生活は生活。それでいいのか。俳優をしながらそのことに疑問を持っていた。四年生になり単位が足りないことに気が付き、卒業制作で作品を発表し単位を稼《かせ》ぐことにする。そして初めて劇作と演出を担い『虫虫Ｑ《むしむしきゅー》』という作品をつくった。深夜、うつ伏せで寝ている女の体内に「虫」が侵入して、去っていく、という内容のモノローグから始まる。自分の身体の生理現象や感覚に執着し劇作した。それが演劇と生活を繋ぐ方法だと思った。この作品は好評で『虫』と改名し翌年のＡＡＦ戯曲賞を受賞した。

無事に卒業できることになり、さらに褒《ほ》められて調子に乗った私は卒業してもなんとなく演劇の創作を続けると決意した。学生生活が終わろうとしていたとき、二〇一一年、大きな地震が起こった。3・11だ。私はその頃、同級生の劇作・演出する卒業研究の舞台に出演することになっており、三月十一日は、初日のはずだったが、それは中止になった。その同級生とはよく一緒に遊んでいたし、私の卒業研究に出演してくれたので彼女に頼まれ友達のよしみで出演することにしていた。しかし、まったくその作品が面白くなく、やりがいを持てなかった。今思えば、そう感じたのは私の幼いプライドのせいかもしれない。とにかくつまらなくて稽古しながらも、時間が早く過ぎることを願っていた。すると、舞台の初日に震災が起こり、幕が開くことはなかった。正直に言えば（もう時効だと思って許してほしい）、私はその舞台に立ちたくなかったので、あの日、中止になってほっとしたのだ。そして、中止になるならもっと早く知りたかった。そうすれば、あんな時間を過ごすことはなかったのにと思った。「絶対に公演したかったので残念だ」と心から言えればまだ良かったかもしれない。私はあの舞台に対しての正直な気持ちを心の中で封印、沈黙することで引き摺《ず》った。「正直な気持ちを表せない」ということは、十五歳のとき感じた、あの「恐怖」に似ていた。「不謹慎なことは言わないほうが良いに決まっている」と言う人もいるかもしれないが、一般的に封印するべき「ない」ことにされる感情や意見は確かに「ある」ということを言うためにも私は作品をつくりたいと思った。

そして、ますます、自分の身体の生理現象や感覚に執着した。また、人間のドラマを描くことに意義を感じず、もっと根源的に「生命」を描きたい思った。異種間の交尾や交配、人間を動物として捉える、または動物を人間として捉えるなど、既存の人間の捉え方に揺さぶりをかける作品を創作していった。それもやはり震災の影響は大きいだろう。学生でなくなり、なに者でもなくなったばかりの私の前に広がる社会は、3・11で様々な問題が露呈し政府への不信感も募《つの》り、パニック状態だった。ネットでは、それぞれがそれぞれの正義を叫んでいる。なにが本当なのかわからない。私は、「私のような小さな存在には一生本当のことは知らされないのだから、社会に向き合うことは、バカなのだ」と思った。そのため自分の一番信じられる、本当のことを求め自分の一番近くにある身体に執着した。そして、生命。自分は生き物であり、生命力を持っているのだ、持ってしまっているのだ、と自分のなかにあるはずの生命体としての頼もしさを信じたかったのであろう。これが社会に対抗するために、私のやっととれる態度だったとも言える。こう言語化するようになったのは、二〇一八年、同世代の韓国と香港のアーティストと共同制作をした経験からだ。彼らとそれぞれの国についてたくさんの対話をした。私の目から彼らは社会に対して真正面から向き合っているように見えた。香港も韓国のアーティストも、政府への抗議運動が強烈な体験としてそれぞれに残っており、運動に参加した体験で、お互いに共感し合っていた。例えば、一人の香港のアーティストは雨傘運動に参加し催涙ガスを受けて目に後遺症を持っており、香港政府の批判を熱弁する。私は社会に対してそんな風に関わったことは一度もない。そんなことをしても意味がないという意識が先に立ってしまう。どうして私はこうなのだろうか、彼らとどうして違うのだろうか、そのことを考えていくと、私はあの二〇一一年の公演の中止のことを思い出したのだった。

前後するが、卒業後は、演劇ユニット「Q」を主宰し、東京の小劇場という小さな小さな世界では少しは認知され、創作を続けていたが、二〇一六年頃から変わらなければいけないと思い始めていた。ここまでの五年間で10作品ほどつくっていた。このままこの速度で作品を発表し続けることに、先細っていくような感覚があった。もっと意識的に社会に対して波及効果を持つものを創作する必要がある。そして、創作の速度を落とす。そんな思いを持ち始め二〇一六年創作した『毛美子不毛話《けみこふもうわ》』は第61回の岸田國士戯曲賞の最終候補作品になった。このとき選考委員の方々に選評をもらえたことは大きなことだった。自分がずっと一方的に知っていた作家達に自分の作品が読まれた。そしてこの作品は、韓国のソウル・マージナル・フェスティバル２０１７に招聘《しょうへい》され上演することになる。私にとって初めての海外公演だった。印象的だったのが、字幕を付ける上演も初めてで、翻訳家となんとか字幕を整え本番に臨んだのに、上演の途中で機材トラブルで字幕がストップ。上演を一時中断した。すぐに機材トラブルは解消されるものではなく、「字幕なしでも良い方は観て欲しいし、帰る方はチケット代の払い戻しをする」というアナウンスを、観客へ申し訳なさそうにしたところ、全員客席に残ってくれた。そして、彼らは何を言っているかはわからなくても、面白そうなところでは笑い、拍手をしながら最後まで観てくれ、終演後も大きな拍手をくれた。日本から来た私たちに対して「苦い思い出のまま帰らせたくない」「この上演を成立させる」という客席の熱を感じた。これがどれほどありがたかったか。私達が劇場で「客」だと思っていたこの国に住む人達にとって、日本から来た私達こそ「客」で、彼らは「客」の私達を温かくもてなしてくれたのだ。このときまでの私は極端に言えば、「他人のためを思ってなにかする人は嘘つきだ」と心の底では思って生きてきた。それはここまでの経験の積み重ねからつくられた。それがここで覆《くつがえ》された。私はこのとき人が自分のためにしてくれたことを素直に受け取ることができた。そして、本当に救われた。

翌年、この本にも収録されている『妖精《ようせい》の問題《もんだい》』を創作した。この作品は二〇一六年の相模原障害者施設殺人事件を受けて生まれた。事件の内容に関しては省略させていただくが、この事件の犯人は優性思想的な考えを持っており、「生産性のない人間は死ぬべきだ」と言っている。テレビのニュースではその犯人を批判する放送がされていたが、ネット上では犯人に賛同するコメントが多く見受けられた。言葉にしづらいことだが、私はテレビのニュースよりもネット上のコメントのほうに共感できた。私も事件を起こし得る危うい人間なのかもしれない。事件によって、自分のなかにある優性思想や、自分が抱えている生きづらさを意識させられた。その正体を知りたい、その危うさを見つめなければいけない。そして、できるだけ偽善的ではない方法であらゆる生を肯定することを試みたいと思った。私は、芸術作品のなかでは、現実では封印されるべき危ないものを表出させることができると信じている。異なったスタイルを持つ三部構成の、全ての部が補い合い一つの作品となっている。『毛美子不毛話』同様この作品も、様々な都市で再演する機会に恵まれ、新作を創作する速度は落ち、再演を重ねることで作品や自分の考えが洗練されていくことを実感している。

その次に創作したのが、今回受賞した『バッコスの信女《しんにょ》――ホルスタインの雌《めす》』である。この作品は「情の時代 Taming Y/Our Passion」をテーマとする、あいちトリエンナーレ2019のパフォーミングアーツプログラムで上演することになる。フェスティバルのテーマやコンセプト文に共感し、応答する作品を創作することにした。下敷きにした『バッコスの信女』は王子ペンテウスと神デュオニュソスの対立の物語である。しかし実際はそんな単純な二項対立で成り立っていないことばかりである。白黒と分けられない、もっと複雑に成り立ったグレーの領域、結末もはっきりとしない、何通りもの解釈が可能な物語を描きたいと思った。デュオニュソス神は、神と人間の間に生まれ、種も性別もグレーな存在だ。今まで私が扱ってきた異種間の交尾や交配にも接続ができる。また、酒と酩酊の神として知られるが、人間のなかにいる神とも言われている。「私の家畜は私　私は生きている以上私という獣を飼いならさなければいけない」という台詞を書いたが、自分自身のなかの獣（ある意味、情とも言えるかもしれない）を忘れたペンテウスは身を亡ぼすことになったのだ。

これはフェスティバルのテーマに繫《つな》がる。

あいちトリエンナーレでの上演を観た、ヨーロッパから来ていたプロデューサーたちは、この作品の黒人と黄色人のいわゆる「ハーフ」についての部分をレイシズムと受け取られると危惧《きぐ》した。確かに、この作品の「主婦」という登場人物は無自覚なレイシストである。しかし、彼女が日本人の精子を買ったのはレイシズムというよりもルッキズムの側面が強い。日本で生まれ育った方ならわかるかもしれないが、日本社会で人々は、見た目を重視され、「普通」が良いとされる価値観を幼いころから刷り込まれてきたように思う。また、「日本人は日本人らしい見た目をしている」という幻想もある。そういった日本社会の背景からあのシーンを書いた。しかし、ヨーロッパ側の意見も理解できるので、上演した台本から、自分の意図がより伝わるように、今回岸田國士戯曲賞に提出した台本は数か所、書き変えている。

この作品が評価されたことを本当に嬉しく思う。私はこの作品に圧倒的な自信を持っている。それは戯曲だけではない。滞在制作をした城崎国際アートセンターでは、戯曲の執筆と、地元の方に劇中歌を歌ってもらうワークショップをしたが、そこでの経験はかけがえのないものだ。自分の過去作品のなかでも、一番長い時間をかけ、一番多くの人が関わった。関係者一人一人を心から尊敬している。あいちトリエンナーレでのあれは、間違いなく素晴らしい上演だった。

と、ここまで語り終えて、個人名を省略してきたが、最後に、記したい。受賞の知らせをもらった同じ日に、桜美林大学時代お世話になった文学座の坂口芳貞《さかぐちよしさだ》先生が亡くなったことを知った。坂口さんには、大学に入って最初に受けた学内オーディションで選んでいただき、坂口さん演出の『胸騒ぎの放課後』という作品に出演させてもらった。私は一年生なのに遅刻ばかりして、台本をなくして「もう一冊ください」とへらへら坂口さんに言えてしまう態度の悪い学生だったのに、とても優しくいつも許してくれた。しょうがない奴だと思われていただけかもしれない。他の学生には怖い面を見せてもいたようだ。そして、私の卒業研究の公演も観てくれて、「こんなことができるんですね。ボディーブローのように効いて、ずっといまもあの劇のことを考えています。ぜひ続けてください」という内容の長いメールをくれた。当時のガラケーを握りしめ、嬉しくて、泣いた。「Q」の作品にも一度映像で出演してくれたことがある。第二回公演の『プール』という作品で、ノロウイルスで死んでしまった老人の幽霊という役。台詞はなかったが、私が「こうしてほしい」ということにも「はい」と聞いてくれた。若い何者でもない私を馬鹿にしなかった。認めてくれた。いつまでも元気だと思っていたのに。『胸騒ぎの放課後』の千秋楽の打ち上げで坂口さんがいつの間にか居酒屋からいなくなっていたことを覚えている。先輩が「坂口さんはよく気づかれないように帰るんだよ」と言った。後日会うと、坂口さんは「別れるのはいつも慣れないから」と言っていた。

坂口さん、できたら、生きているあなたに「岸田國士戯曲賞もらいました」って言ってみたかったです。私は演劇をこれからも続けていきます。

そして、うまくいったときも、うまくいかないときもありましたが、今日まで私と出会ってくださった皆様、本当にありがとうございました。

二〇二〇年三月十三日

市原佐都子

『バッコスの信女 ― ホルスタインの雌』

２０１９年10月11日～14日　あいちトリエンナーレ２０１９／愛知県芸術劇場 小ホール

作・演出：市原佐都子

出演：川村美紀子、中川絢音（水中めがね∞）、永山由里恵（青年団）、兵藤公美（青年団）
Eri Liao、オミユキ、勝田智子、小口舞馨、塩澤嘉奈子、中西星羅、はぎわら水雨子、藤本しの、三島早稀、村上京央子、
渡邉智美、渡邊悠視

音楽：額田大志（ヌトミック／東京塩麹）　**音楽ミキシング**：染野 拓　**舞台美術**：中村友美　**照明**：魚森理恵（kehaiworks）

音響：稲荷森健　**映像**：浦島啓　**字幕翻訳**：Aya Ogawa　**舞台監督**：櫻井健太郎　**宣伝デザイン**：平松るい　**イラスト**：萩原慶

ドラマトゥルク：野村政之　**制作**：山里真紀子　**特別協力**：岡田裕子

主催：あいちトリエンナーレ実行委員会　**共催**：愛知県芸術劇場　**製作**：あいちトリエンナーレ２０１９、Q

国際共同製作：テアター・デア・ヴェルト２０２０（世界演劇祭）　**制作協力**：城崎国際アートセンター（豊岡市）

助成：公益財団法人セゾン文化財団

『妖精の問題』

【初演】 2017年9月8日〜12日 こまばアゴラ劇場（東京）
【再演】 2018年2月14日〜18日 TPAMフリンジSTスポット セレクション／STスポット（横浜）
2018年10月25日〜28日 KYOTO EXPERIMENT 2018 公式プログラム／京都芸術センター（京都）
2018年11月13日 Japanese Playwrights Project 2018／The Martin E. Segal Theatre Center（ニューヨーク）

作・演出：市原佐都子

出演：竹中香子、杉本亮、兵藤真世、山村崇子（青年団）

音楽：額田大志（ヌトミック／東京塩麴） **舞台美術**：中村友美 **字幕翻訳**：Aya Ogawa **ドラマトゥルク**：横堀応彦
舞台監督：岩谷ちなつ **照明**：川島玲子 **音響**：古川直幸、木村渓、星野大輔、反町瑞穂、椎名晃嗣 **映像**：松澤延拓 堀田創
宣伝デザイン：佐藤瑞季、平松るい **演出助手**：山根瑶梨 **制作**：大吉紗央里、杉浦一基、岩城かのこ、木下春香、村上理衣奈、増田祥基

東京公演 **企画制作**：Q／（有）アゴラ企画・こまばアゴラ劇場 **主催**：（有）アゴラ企画・こまばアゴラ劇場
特別協力：アトリエ銘苅ベース／（一社）おきなわ芸術文化の箱 **助成**：平成29年度文化庁劇場・音楽堂等活性化事業

横浜公演 **主催**：Q 協力：STスポット

京都公演 **主催**：KYOTO EXPERIMENT **助成**：公益財団法人セゾン文化財団

ニューヨーク公演 **主催**：The Martin E. Segal Theatre Center, The Graduate Center, City University of New York
(Frank Hentschker, Executive Director/Director of Programs) **助成**：The Japan Foundation, New York

市原佐都子［いちはら・さとこ］

著者略歴

一九八八年九月二十七日大阪府生まれ。福岡県北九州市育ち。桜美林大学卒業。

主要作品

『虫』（第11回AAF戯曲賞受賞）

『いのちのちQⅡ』（フェスティバル／トーキョー公募プログラム選出）

『毛美子不毛話』（第61回岸田國士戯曲賞最終候補・KYOTO EXPERIMENT公式プログラム招聘）

『妖精の問題』（KYOTO EXPERIMENT公式プログラム招聘・Japanese Playwrights Project 2018招聘）

『私とセーラームーンの地下鉄旅行』（韓国香港日本共同制作）

『バッコスの信女 ― ホルスタインの雌』（あいちトリエンナーレ2019パフォーミングアーツプログラム作品）

小説集『マミトの天使』（早川書房）

上演許可申請先

http://qqq-qqq-qqq.com/

白水社刊・岸田國士戯曲賞 受賞作品

市原佐都子	バッコスの信女 ‐ ホルスタインの雌	第64回（2020年）
松原俊太郎	山山	第63回（2019年）
神里雄大	バルパライソの長い坂をくだる話	第62回（2018年）
福原充則	あたらしいエクスプロージョン	第62回（2018年）
上田 誠	来てけつかるべき新世界	第61回（2017年）
タニノクロウ	地獄谷温泉 無明ノ宿	第60回（2016年）
山内ケンジ	トロワグロ	第59回（2015年）
赤堀雅秋	一丁目ぞめき	第58回（2014年）
ノゾエ征爾	○○トアル風景	第56回（2012年）
矢内原美邦	前向き！タイモン	第56回（2012年）
松井 周	自慢の息子	第55回（2011年）
蓬莱竜太	まほろば	第53回（2009年）
三浦大輔	愛の渦	第50回（2006年）

著者略歴
市原佐都子（いちはら・さとこ）
一九八八年九月二十七日大阪府生まれ。福岡県北九州市育ち。桜美林大学卒業。
主要作品
『虫』（第11回AAF戯曲賞受賞）
『いのちのちQⅡ』（フェスティバル／トーキョー公募プログラム選出）
『毛美子不毛話』（第61回岸田國士戯曲賞最終候補・KYOTO EXPERIMENT 公式プログラム招聘）
『妖精の問題』（KYOTO EXPERIMENT 公式プログラム招聘・Japanese Playwrights Project 2018 招聘）
『私とセーラームーンの地下鉄旅行』（韓国香港日本共同制作）
『バッコスの信女—ホルスタインの雌』（あいちトリエンナーレ2019パフォーミングアーツプログラム作品）
小説集『マミトの天使』（早川書房）
上演許可申請先
http://qqq-qqq.com/

バッコスの信女《しんにょ》—ホルスタインの雌《めす》
二〇二〇年三月二五日　印刷
二〇二〇年四月一五日　発行
著者　© 市原佐都子
発行者　及川直志
印刷所　株式会社理想社
発行所　株式会社白水社
東京都千代田区神田小川町三の二四
電話　営業部〇三（三二九一）七八一一
　　　編集部〇三（三二九一）七八二一
振替　〇〇一九〇-五-三三二二八
郵便番号　一〇一-〇〇五二
www.hakusuisha.co.jp
乱丁・落丁本は、送料小社負担にてお取り替えいたします。

株式会社松岳社

ISBN978-4-560-09772-4

Printed in Japan

The Bacchae — Holstein Milk Cows
SCORE contents

『バッコスの信女 — ホルスタインの雌』
特別付録（合唱スコア）目次

Parodos

作詞：市原佐都子
作曲：額田大志

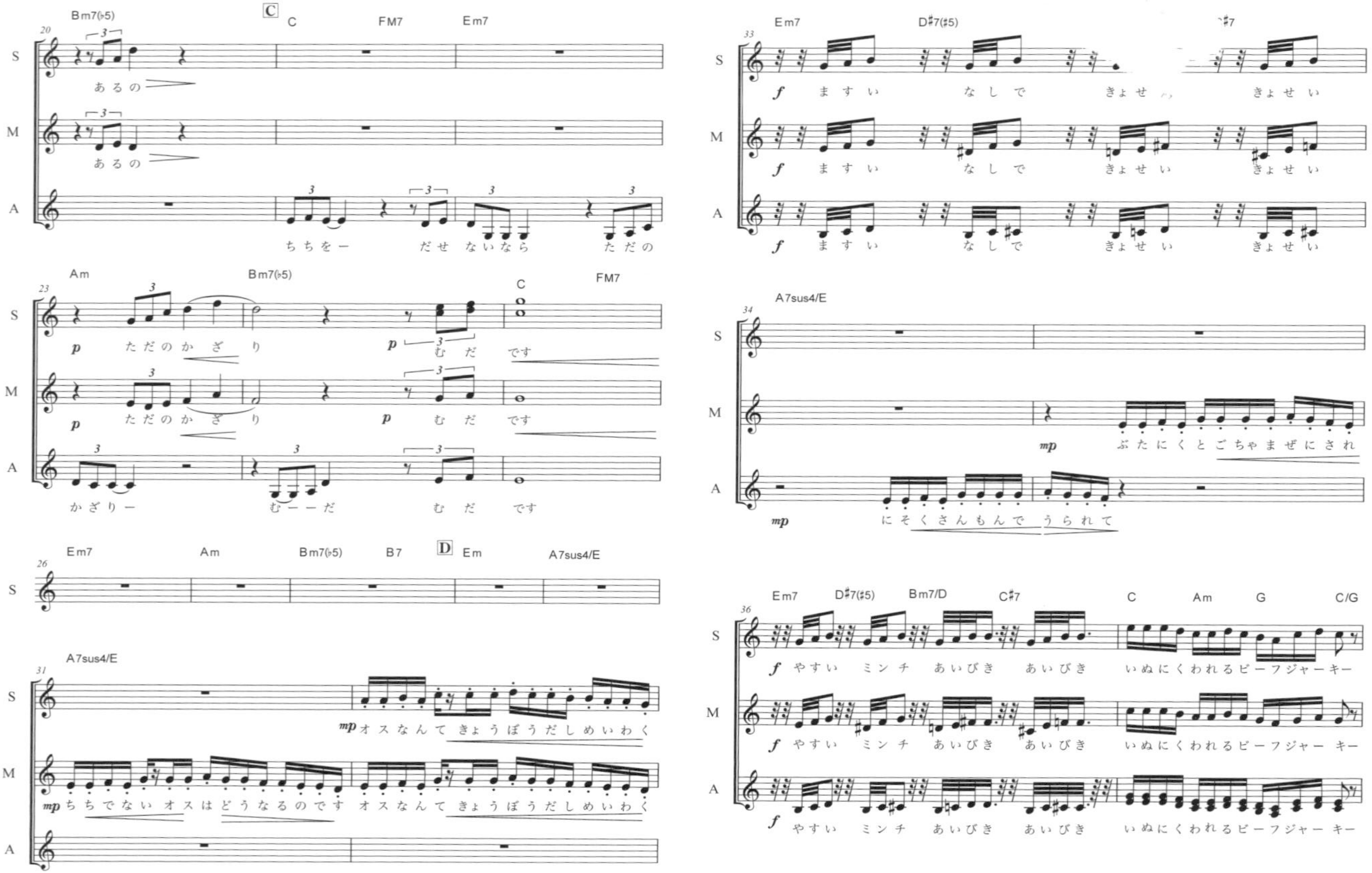
C
D
Bm7(♭5) C FM7 Em7
あるの
ちちをー だせ ないなら ただの
Am Bm7(♭5) C FM7
ただのかざり むだ です
かざりー むーーだ むだ です
Em7 Am Bm7(♭5) B7 Em A7sus4/E
A7sus4/E
オスなんて きょうぼうだしめいわく
ちちでない オスはどうなるのです オスなんて きょうぼうだしめいわく
Em7 D♯7(♯5)
ますい なして きょせい きょせい
A7sus4/E
ぶたにくとごちゃまぜにされ
にそくさんもんで うられて
Em7 D♯7(♯5) Bm7/D C♯7 C Am G C/G
やすい ミンチ あいびき あいびき いぬにくわれるビーフジャーキー

E A7sus4/E E
S M A
メスだって メスだって メスだって つらいつらい
メスだって メスだって つらい
メスだって つらいつらい
F Dm7 G C/G Dm7 G C Dm7 G C/G
ババアになーってちちが でにくくなれーば ころされるグッバイ
C Am C/G F F♯m7 Em/B G Am/C
ババアのにくはくえないー かわせいひんあなたのさいふ

C aug/E CM7 BM7 A♯M7 AM7 G♯M7 GM7 F♯M7 FM7/C
S M A
Mow Mow Mow Mow Mow Mow Mow Mow
G6/D C♯7(♭5) C C/G C C/G
いきるもしぬのもどっちでもいい どうせちもちちもせいしも
Mow Mow Mow
C C/G Am H D7
しぼりとられるのがうん めい
D7

♩=148
I
GM7
GM7
S
J
GM7
S
M
mp ステー キー
mf ハムしゃぶしゃぶや きにくすきやきス テー キー
D/G
S
M
A
わ らってるー
mf ステ キーハウス くろげわぎゅうがわ らってるー
K
GM7
S
M
A
クリー ムー
チーズバターれんにゅうソフトクリ ームー
A
アイスクリーム やさんホルスタイン わらってるー

Parodos

L
B♭M7
FM7
Dm7/A
C7/B♭
C
S
M
A
f でも ほんとは くろげわぎゅうも ホルスタインも
f でも ほんとは くろげわぎゅうも ホルスタインも
f でも ほんとは くろげわぎゅうも ホルスタインも
FM7
C/E
Dm7(9)
C
そんなこっちゃ どうでもいいし しったこっちゃ ないから
そんなこっちゃ どうでもいいし しったこっちゃ ないから
そんなこっちゃ どうでもいいし しったこっちゃ ないから
M
B♭
Am
Dm
C
B♭
Am
Dm
C
わーらわない わーらわない わーらわない わーらわない
Mow Mow Mow Mow
わーらわない わーらわない わーらわない わーらわない
Mow Mow Mow Mow
わーらわない わーらわない わーらわない わーらわない
Mow Mow Mow Mow

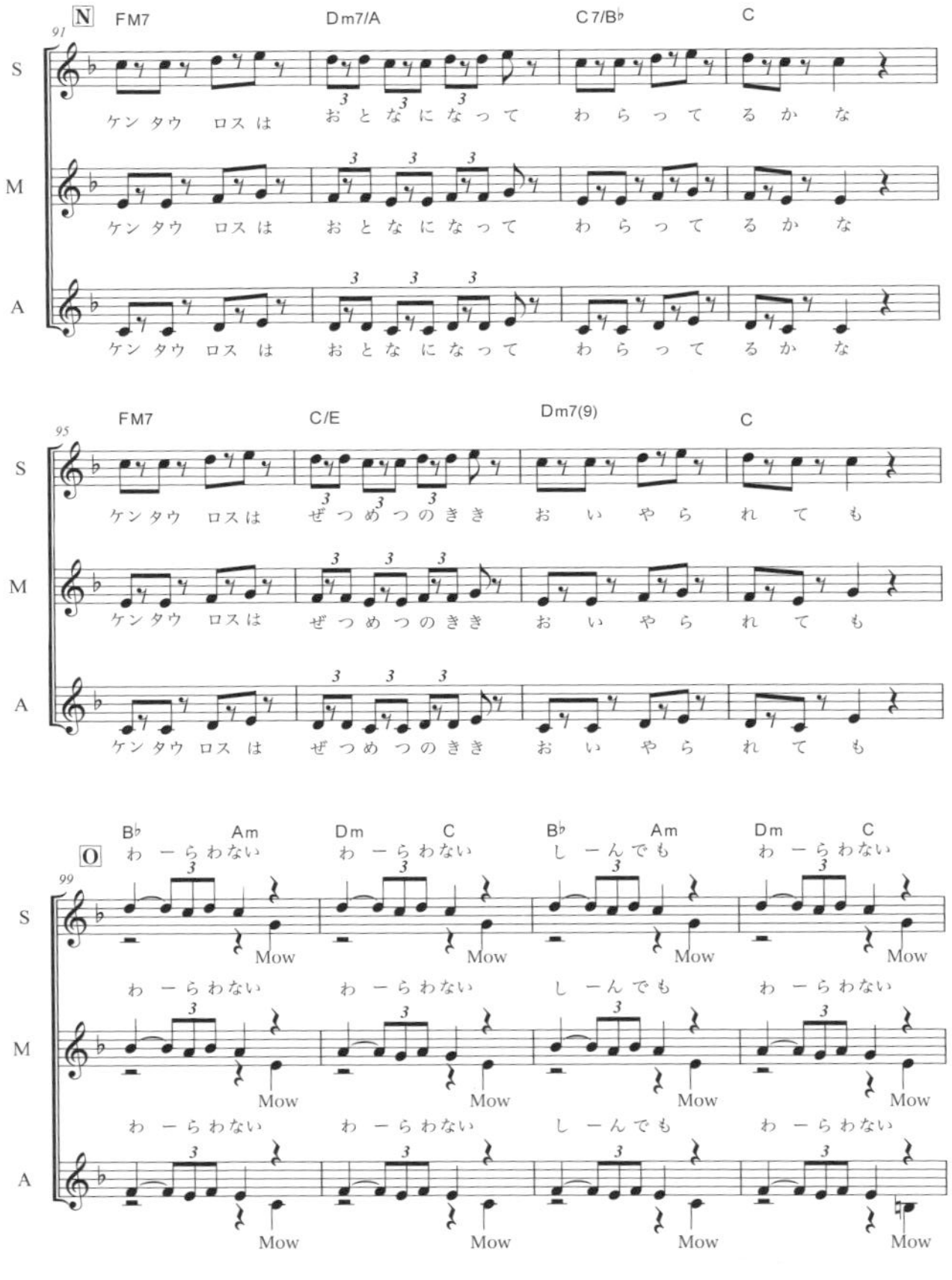
N
FM7 Dm7/A C7/B♭ C
ケンタウ ロスは おとなになって わらってるかな
FM7 C/E Dm7(9) C
ケンタウ ロスは ぜつめつのきき おいやら れても
O
B♭ Am Dm C B♭ Am Dm C
わーらわない わーらわない しーんでも わーらわない
Mow
S
M
A

Parodos

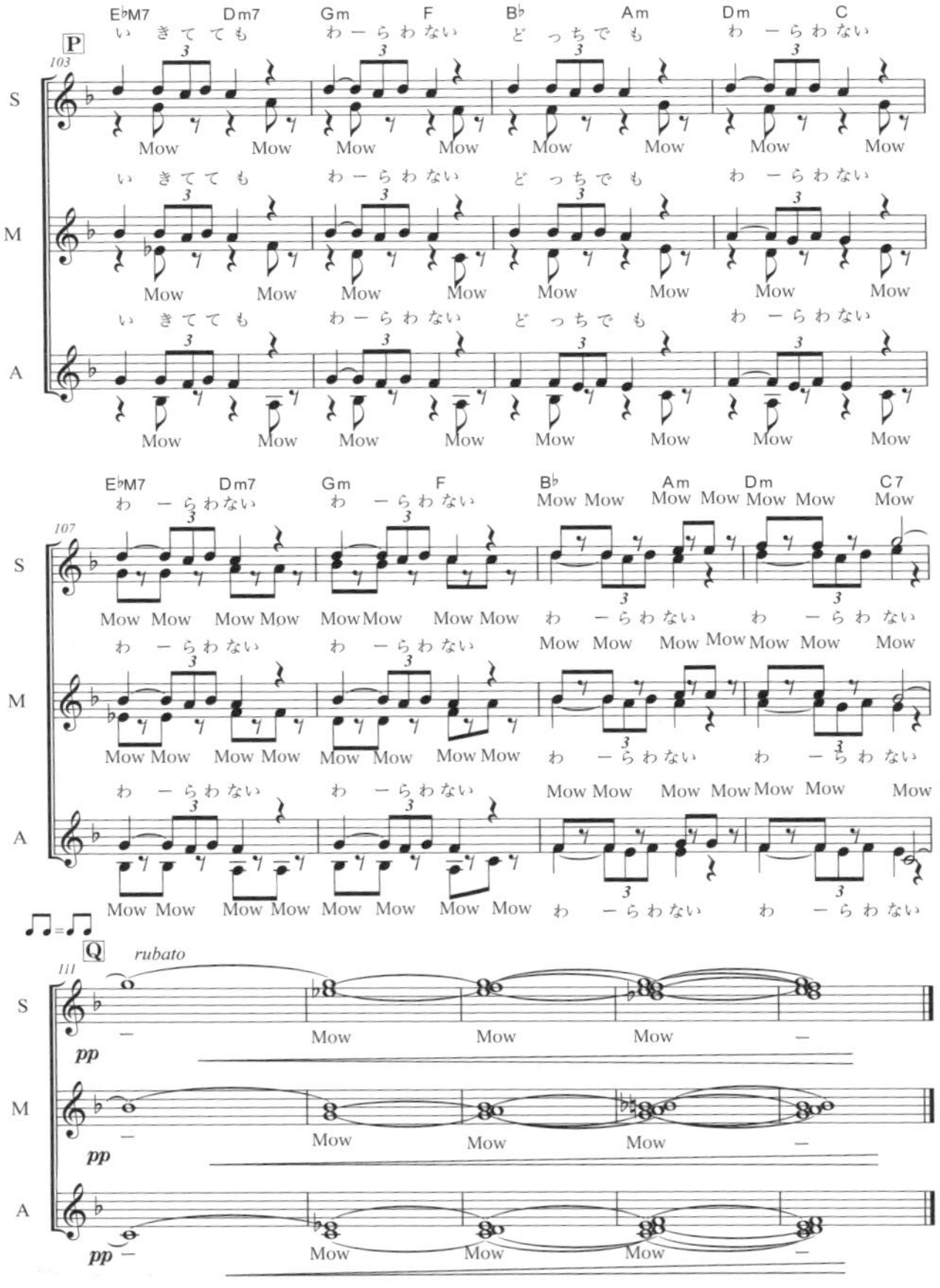
P
E♭M7 Dm7 Gm F B♭ Am Dm C
いきてても わーらわない どっちでも わーらわない
Mow
E♭M7 Dm7 Gm F B♭ Am Dm C7
わーらわない わーらわない
Mow
Q
rubato
pp
Mow
S
M
A

Stasimon No.1

作詞：市原佐都子
作曲：額田大志

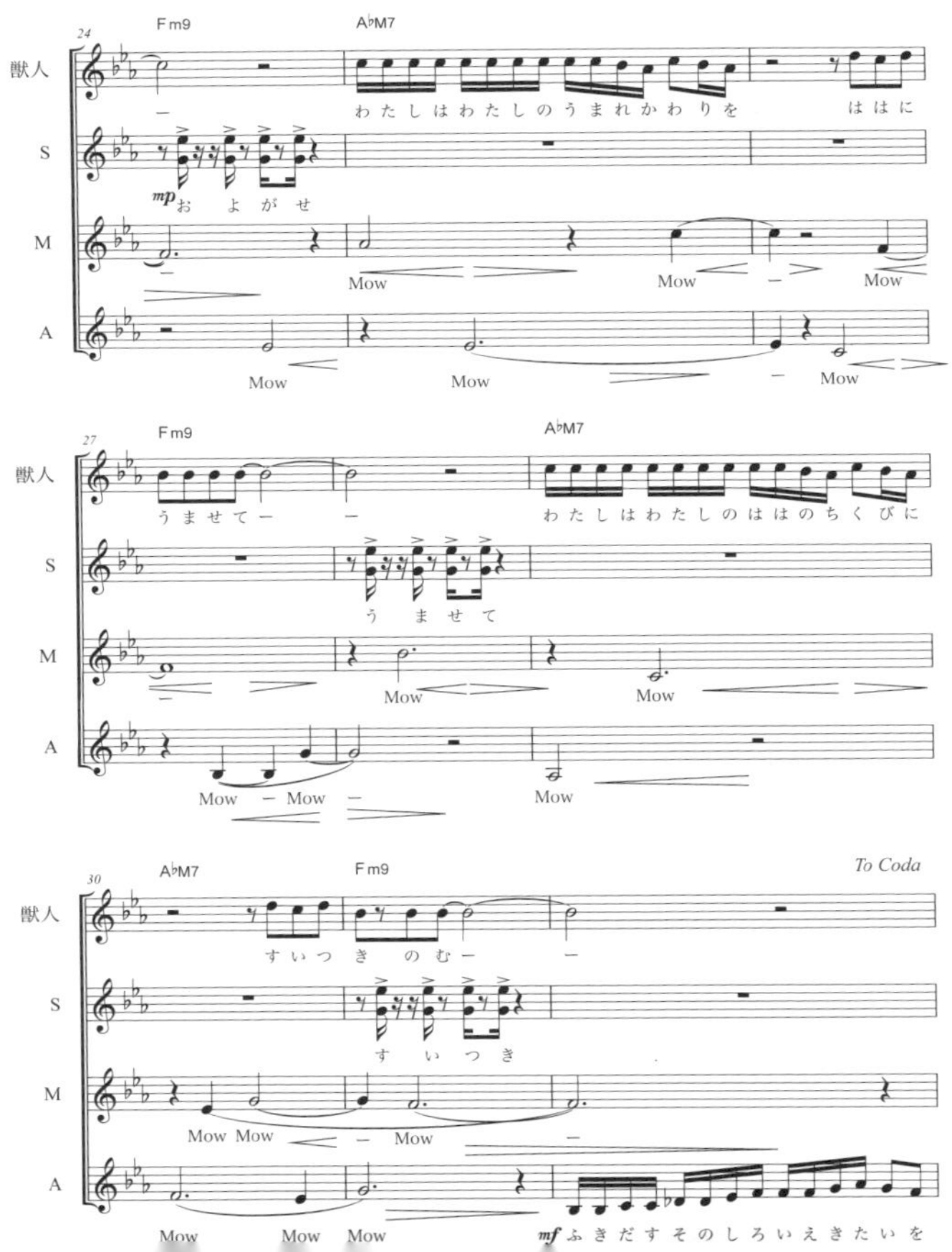

24
Fm9
A♭M7
獣人
わたしはわたしのうまれかわりを ははに
S
mp およがせ
M
Mow Mow Mow
A
Mow Mow Mow
27
Fm9
A♭M7
獣人
うませてー ー
わたしはわたしのははのちくびに
S
うませて
M
Mow Mow
A
Mow ー Mow ー Mow
30
A♭M7
Fm9
To Coda
獣人
すいつき のむー ー
S
すいつき
M
Mow Mow ー Mow ー
A
Mow Mow Mow
mf ふきだすそのしろいえきたいを

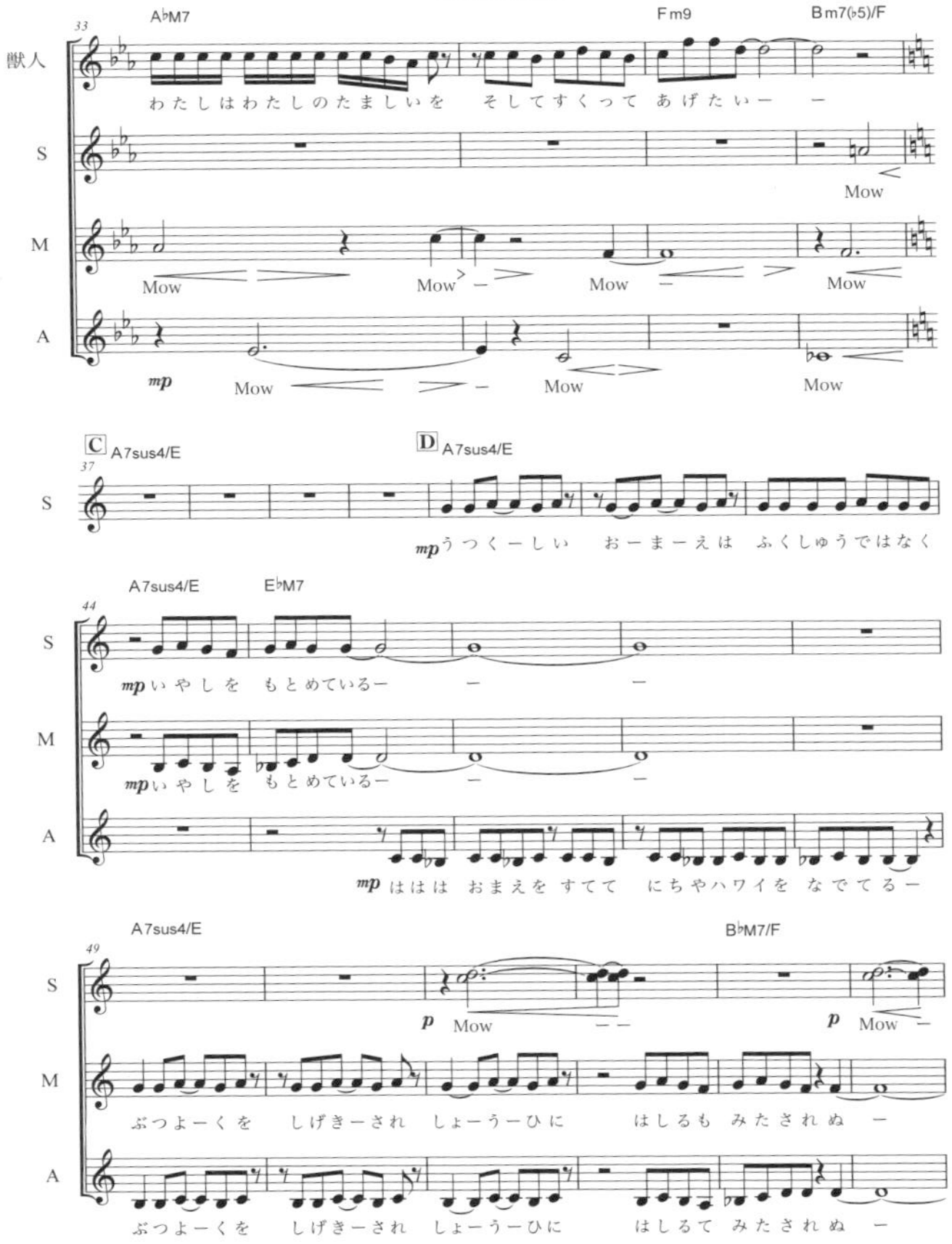

33
A♭M7
Fm9
Bm7(♭5)/F
獣人
わたしはわたしのたましいを そしてすくって あげたいー ー
S
Mow
M
Mow Mow ー Mow ー Mow
A
mp Mow ー Mow Mow
C A7sus4/E
D A7sus4/E
37
S
mp うつくーしい おーまーえは ふくしゅうではなく
44
A7sus4/E
E♭M7
S
mp いやしを もとめているー ー ー
M
mp いやしを もとめているー ー ー
A
mp ははは おまえを すてて にちやハワイを なでてるー
49
A7sus4/E
B♭M7/F
S
p Mow ーー p Mow ー
M
ぶつよーくを しげきーされ しょーうーひに はしるも みたされぬ ー
A
ぶつよーくを しげきーされ しょーうーひに はしるて みたされぬ ー

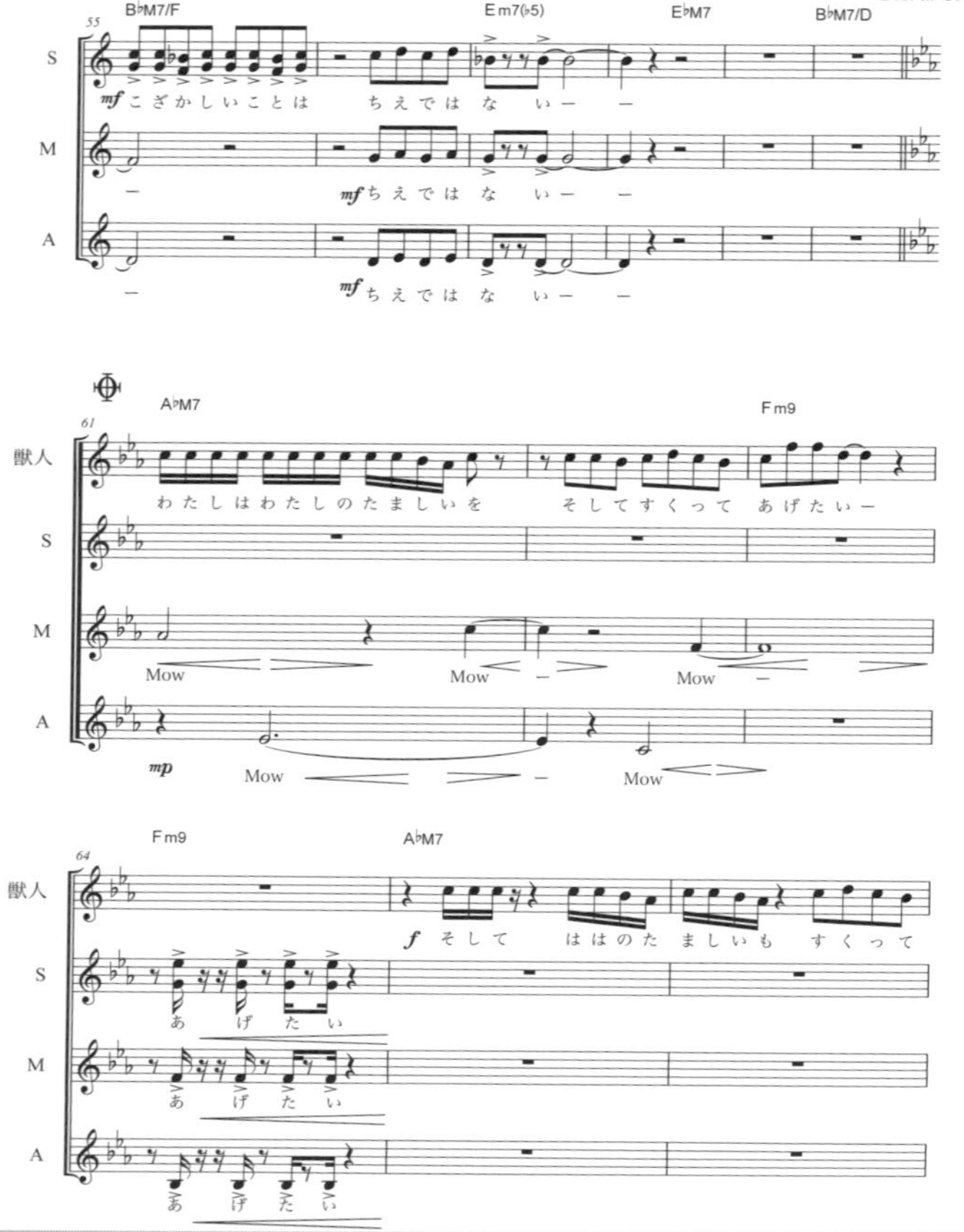

Stasimon No.1

Stasimon No.2

作詞：市原佐都子
作曲：額田大志

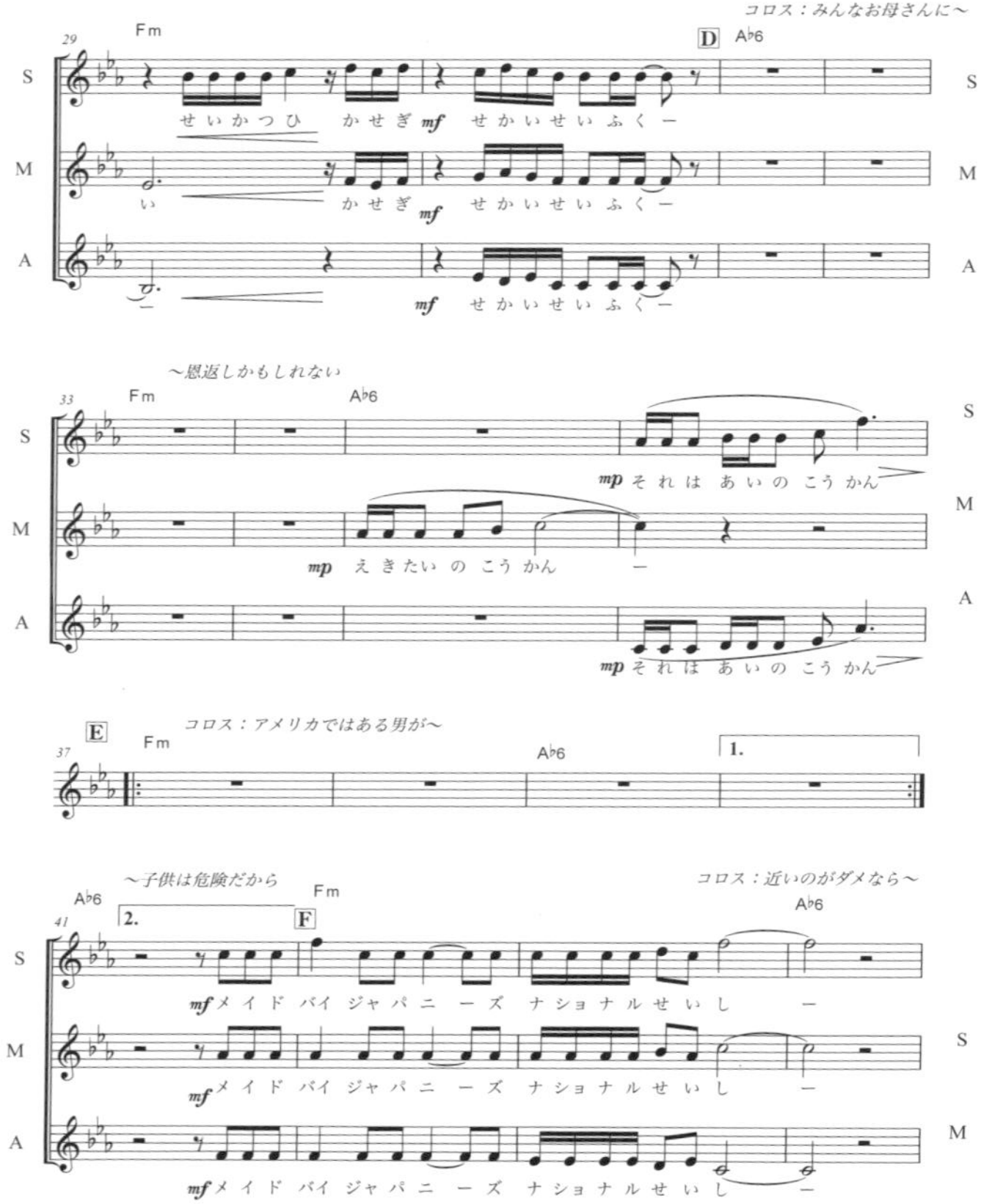

コロス：みんなお母さんに～
～恩返しかもしれない
コロス：アメリカではある男が～
～子供は危険だから
コロス：近いのがダメなら～
Fm
D
A♭6
E
F
1.
2.
S
M
A
せいかつひ　かせぎ　mf せかいせいふくー
い　かせぎ　mf せかいせいふくー
mf せかいせいふくー
mp それは あいの こうかん
mp えきたいの こうかん ー
mf メイド バイ ジャパニーズ ナショナルせいし ー

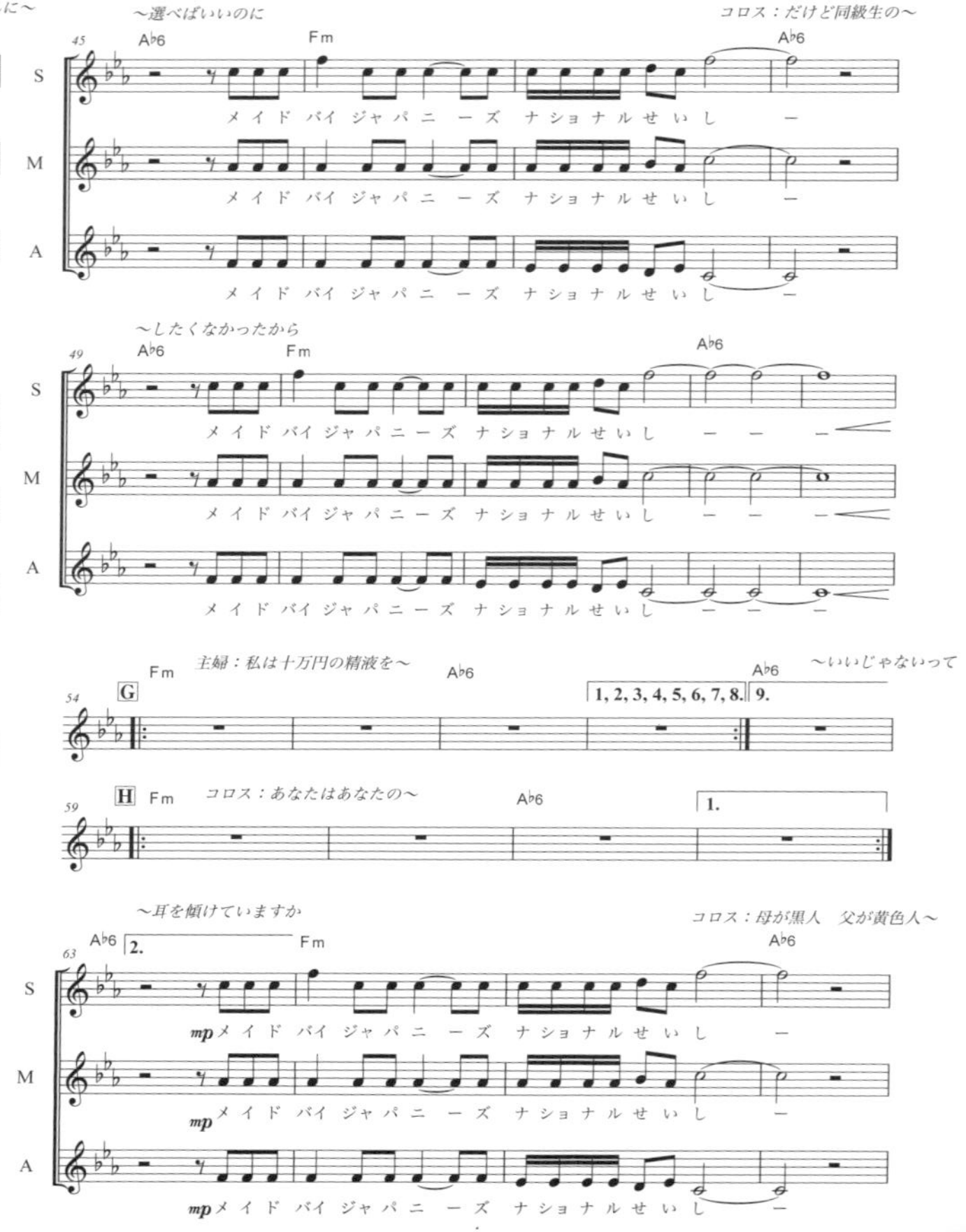

～選べばいいのに
コロス：だけど同級生の～
～したくなかったから
主婦：私は十万円の精液を～
～いいじゃないって
コロス：あなたはあなたの～
～耳を傾けていますか
コロス：母が黒人　父が黄色人～
A♭6
Fm
G
H
1, 2, 3, 4, 5, 6, 7, 8.
9.
1.
2.
S
M
A
メイド バイ ジャパニーズ ナショナルせいし ー
mp メイド バイ ジャパニーズ ナショナルせいし ー

A♭6 Fm A♭6
～わざわざ選んだ
メイドバイジャパニーズナショナルせいし ー
コロス：それなのに母がホルスタイン～
～生きていくことが困難
メイドバイジャパニーズナショナルせいし ー ー ー
I
コロス：だけどみんな本当は～
～魅了されてい.
1. 2.
主婦：もし人間と牛で～
～知ってますか
1, 2, 3, 4. 5.
S
M
A

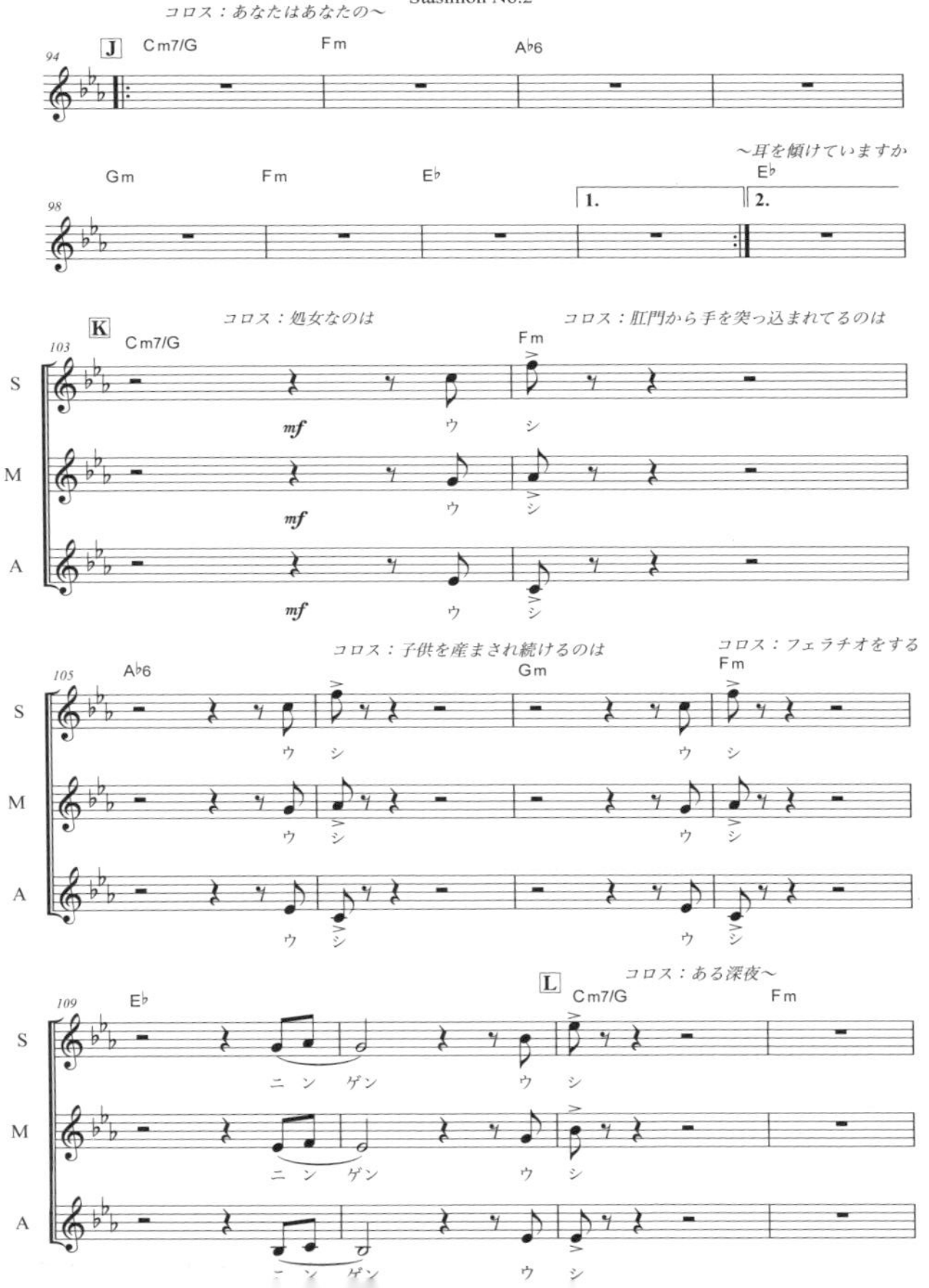
コロス：あなたはあなたの～
J
Cm7/G Fm A♭6 Gm E♭
～耳を傾けていますか
1. 2.
K
コロス：処女なのは
コロス：肛門から手を突っ込まれてるのは
mf
ウ シ
コロス：子供を産まされ続けるのは
コロス：フェラチオをする
L
コロス：ある深夜～
ニン ゲン
S
M
A

113
A♭6 Gm Fm E♭
119 M
Cm7/G Fm A♭6 Gm Fm E♭ E♭
1, 2, 3.
4.
～デンマークから取り寄せた
128 N
Cm7/G Fm A♭6 Gm Fm E♭
135
E♭ O Fm A♭6
S M A
f メイドバイジャパニーズナショナルせいし　ー　ー　ー
主婦：子供のとき　金魚鉢を～
～わかりますか
140 P
Fm A♭6 A♭6
1, 2, 3, 4, 5, 6, 7.
8.
コロス：あなたはあなたの～
145 Q
Fm A♭6
1, 2.
～耳を傾けていますか
コロス：ホルスタインの卵子と
149
A♭6 Fm A♭6
3.

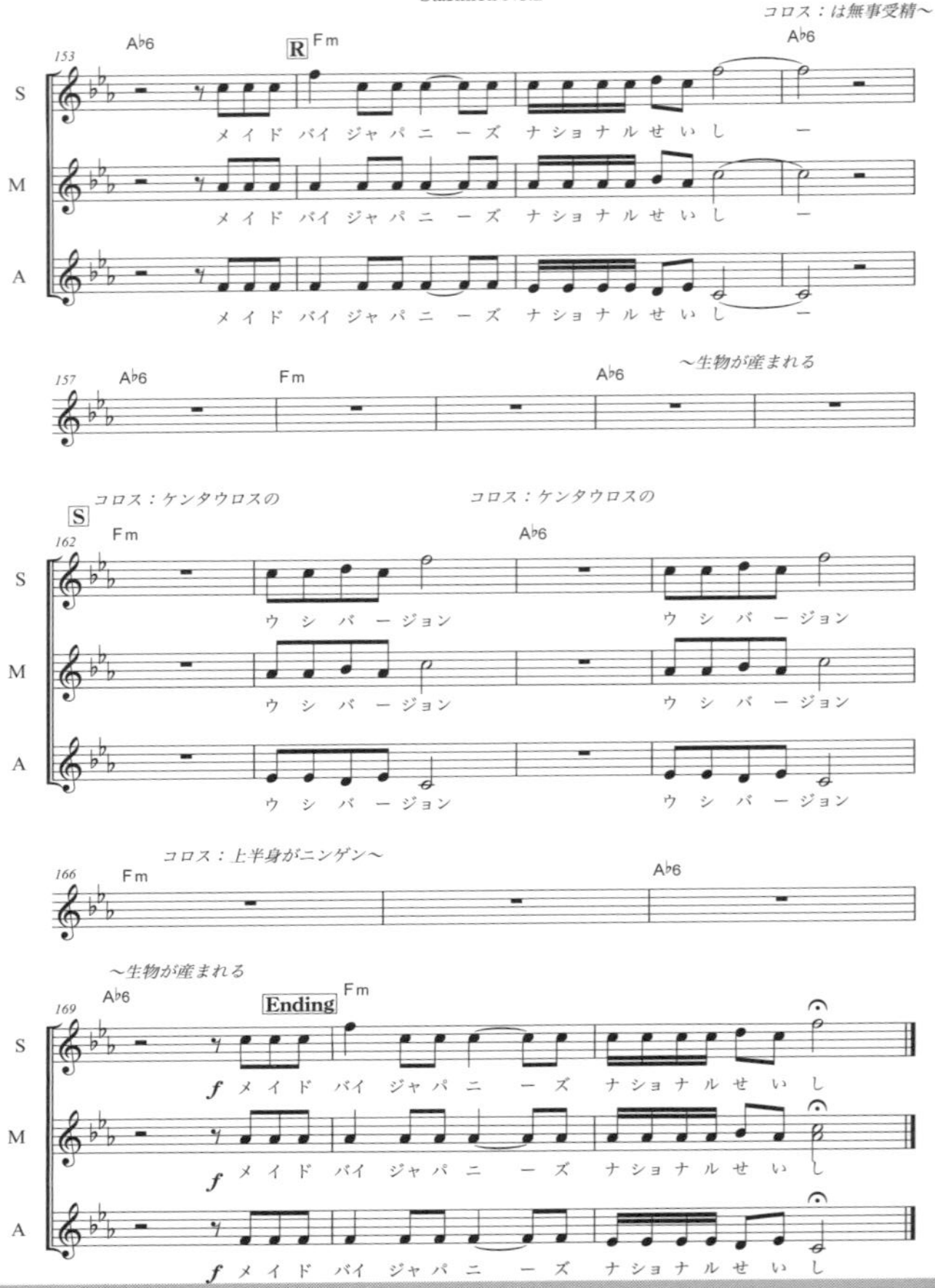
コロス：は無事受精～
153
A♭6 R Fm A♭6
S M A
メイドバイジャパニーズナショナルせいし　ー
～生物が産まれる
157
A♭6 Fm A♭6
S
コロス：ケンタウロスの
コロス：ケンタウロスの
162
Fm A♭6
ウシバージョン
ウシバージョン
コロス：上半身がニンゲン～
166
Fm A♭6
～生物が産まれる
169
A♭6 Ending Fm
f メイドバイジャパニーズナショナルせいし

Stasimon No.3

作詞：市原佐都子
作曲：額田大志

49
獣人
C7 D G D/F♯ F Am/E
おぼえたのこんなたべかた と じこけんおをいだき ながらー
52
獣人
D♯M7 G/D C7 D G G D/F♯
それでも そのく ちのうごきはやーめらーれ ない
獣人：畳の食物繊維の～
55
獣人
F Am/E D♯M7 G/D C7 D G D/F♯ F Am/E
60
S M A
D♯M7 G/D C7 D H G D/F♯ F Am/E
mf
まるーでと いうか まさに
64
S M A
D♯M7 G/D C7 D G D/F♯
ウシのように おくばで すーりつぶし たたみをむ さぼる

67
S M A
F Am/E D♯M7 G/D C7 D
じぶんに じぶんで どこで おぼえたのこんなたべかた
70
獣人 S M A
G D/F♯ F Am/E D♯M7 G/D
と じこけんおをいだき ながらー それでも そのく
73
獣人
C7 D G
ちのうごきはやーめらーれ ない
※台詞のみ
75
コロス：ちょっと 臭いですよ なにしてるんですか
獣人
76
獣人：とお隣さんが～売ってまいりました
Repeat X time
獣人

♩=148
獣人
ものずきな へんたいさまを あいてに からだをうってま
いりましたそうす るよりいきるすべ がありませんでしたし わたしには
そのさいのうが ありました わたしは ウシとニンゲンのハーフの
ニューハーフです わたしのあたまは おんなとして おんなをあ
いしたいニンゲンかはんしんは ウシでせ いえきをだすお おきなク
リトリスがつ いてるウシ みなさんにわかりや すくいいますと
ウシとニンゲン のハーフで トランスジェンダーレズビアンよ
くわかりませんわ たしはさんさいか らおかあ さまにエ

獣人
ロほんできょういく されておりました エロほん べ
ーすですが ひとのせいにま つわーる
あらゆるよくぼうをじゅくち しておりました わたしはおきゃくさまのよ
くぼうにあわせ し ちへんげあ らゆーる へ
んたいさまがかい らく たかいおかねを
S まん ぞく
M まん ぞく
A まん ぞく
いただき はなたか だかーで
おかねを もらえーば こうきゅう なや

128
Fm E♭/F A♭M7 B♭ Cm/E♭ Cm7 Cm Fm/C E♭/B♭ B♭7
獣人 きにくへそう わたしはわたしーにた かいウシたべさせて
S そう わたしはわたしーにた かいウシたべさせて
M そう わたしはわたしーにた かいウシたべさせて
A そう わたしはわたしーにた かいウシたべさせて
N
133
Cm7/E♭ Bm/D E♭7/D♭ G♭dim/C
獣人 わたしのウシを かいならして
135
Bm7 B♭ D/A Fm/A♭ Cm7/E♭ Bm/D
獣人 いたのです ウシではなく わたしはニンゲン
138
E♭7/D♭ G♭dim/C Bm7 B♭ D/A Fm/A♭
獣人 たたみをたべるよ うなウシではなく わたしはニンゲン
141
Cm7/E♭ Bm/D E♭7/D♭ G♭dim/C Bm7 B♭ D/A Fm/A♭
獣人 ウシではなく とわたしはわたしを かいならして いたのです
145
Cm7/E♭ Bm/D E♭7/D♭ G♭dim/C Bm7 B♭ D/A Fm/A♭
獣人

O
149
E♭ A♭ B♭ Fm E♭/F
S mf あるとき あるきゃくの していした もくぞうの
M mf あるとき あるきゃくの していした もくぞうの
A mf あるとき あるきゃくの していした もくぞうの
153
E♭ A♭ B♭ Fm E♭/B♭
S アパートへよび だされました ひとのしこうは さまざま まず
M アパートへよび だされました ひとのしこうは さまざま まず
A アパートへよび だされました ひとのしこうは さまざま まず
157
A♭ B♭ A♭/E♭ Cm7 Cm Fm/C E♭/B♭
S すこし おいかけっこ じゃれあいわたし の
M すこし おいかけっこ じゃれあいわたし の
A すこし おいかけっこ じゃれあいわたし の
161
E♭ A♭ B♭ Fm E♭/F
S f おおきな ウシーの しーりに かじりつくきゃく
M f おおきな ウシーの しーりに かじりつくきゃく
A f おおきな ウシーの しーりに かじりつくきゃく

Stasimon No.3

Stasimon No.3

獣人：自分の便のついた～

F Am/E D♯M7 G/D C7 D
S M A
じぶんに じぶんで どこで おぼえたのこんなたべかた
G D/F♯ F Am/E D♯M7 G/D
とじこけんおをいだきながらー それでも そのく
C7 D T A♯M7 Bm7(♭5) CM7 C♯m7(♭5)
ちのうごきはやーめらーれない

Dm(add9) F7/D♯ A7sus4/E F6(9) F♯dim Gsus4
Fm/G♯ F/A A♯M7 Bm7(♭5) C7(♯5) A♯m7/C♯ Dm7 F7/D♯
～焼肉に向かいました
Am/E FM7 F♯dim Em7/G
U Dm7 F Am Gm7 C7 F Em7 Am G7 C7
獣人 S M A
ぎゅうタンしおー ぎゅう ハラーミー
ぎゅうタンしお ぎゅう ハラミー
ぎゅう はらみー
Dm7 F Am Gm7 C7 F Em7 Am7
ぎゅう カルービー ぎゅう ロース
ぎゅうカルビー ぎゅーうローース

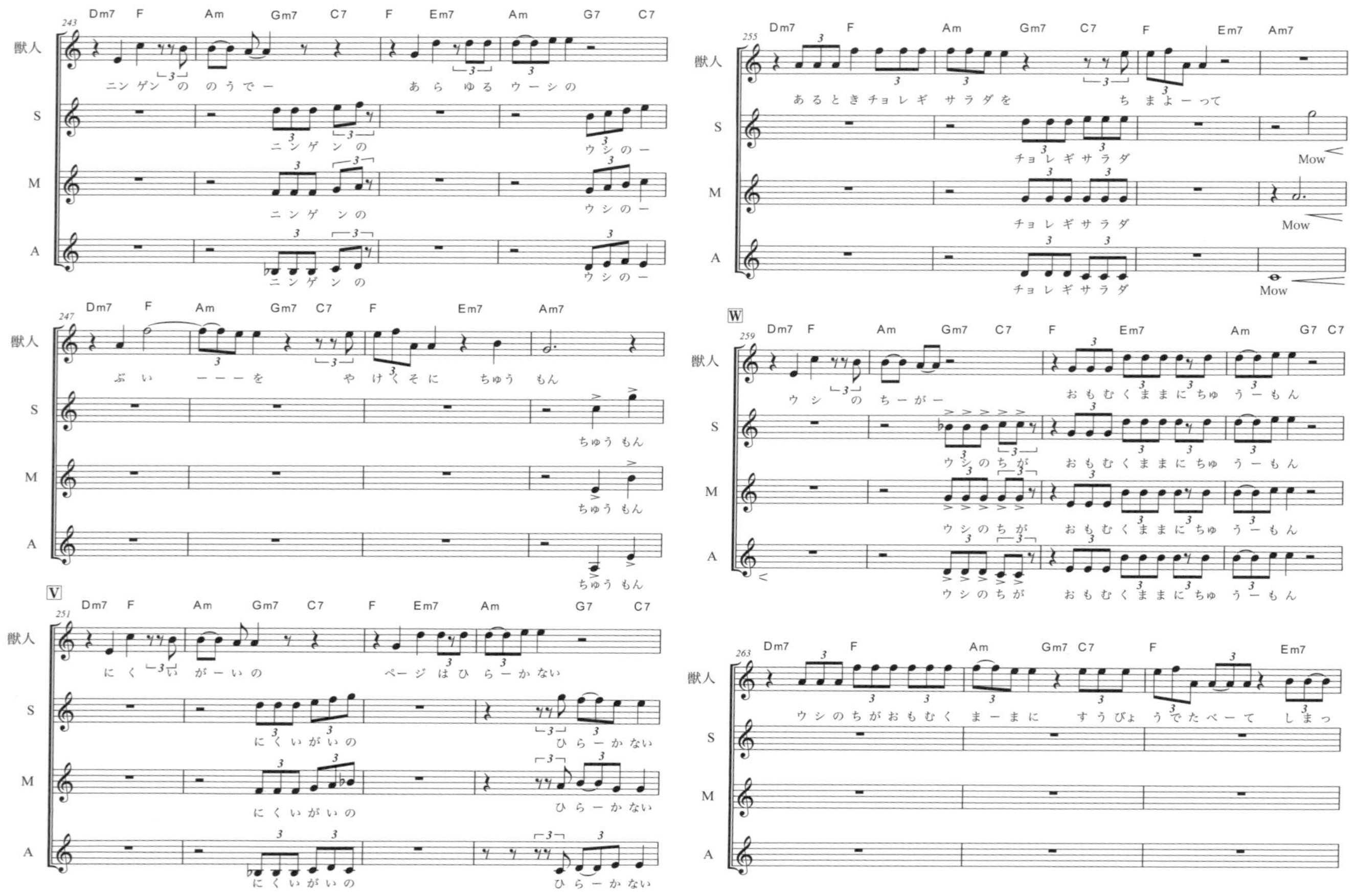
獣人
S
M
A
ニンゲンの のうでー あらゆるウーシの
ニンゲンの
ウシのー
ぶい ーーーを やけくそに ちゅう もん
ちゅう もん
V
にくいがーいの ページはひらーかない
にくいがいの
ひらーかない
あるときチョレギサラダを ちまよーって
チョレギサラダ
Mow
W
ウシのちーがー おもむくままにちゅうーもん
ウシのちが
ウシのちがおもむくまーまに すうびょうでたべーて しまっ

X
Y
獣人
S
M
A
Am7 F Em7 F Em7 F Em7
たことがあります そんなわたしをニンゲンのわたしはけんおし
ことがあります そんなわたしをニンゲンのわたしはけんおし
C/E Bdim/F Adim Dm7 F
ましたがー
p ウシのわたしは
Am Dm7 FM7 Am F C/E Am
たいへんまんぞくしていました
Dm7 FM7 Am F C/E Am

Z
S
M
A
Dm7 FM7 Am F C/E Am
p わたしはアイロンだい わたしはアイロンだい わたしはアイロンだい わたしはアイロンだい
コロス：旦那の～
～だからしょうがな
1, 2, 3.
4.
コロス：種牛の～
～動かすだけ

Stasimon No.4

作詞：市原佐都子
作曲：額田大志

Srasimon No.4

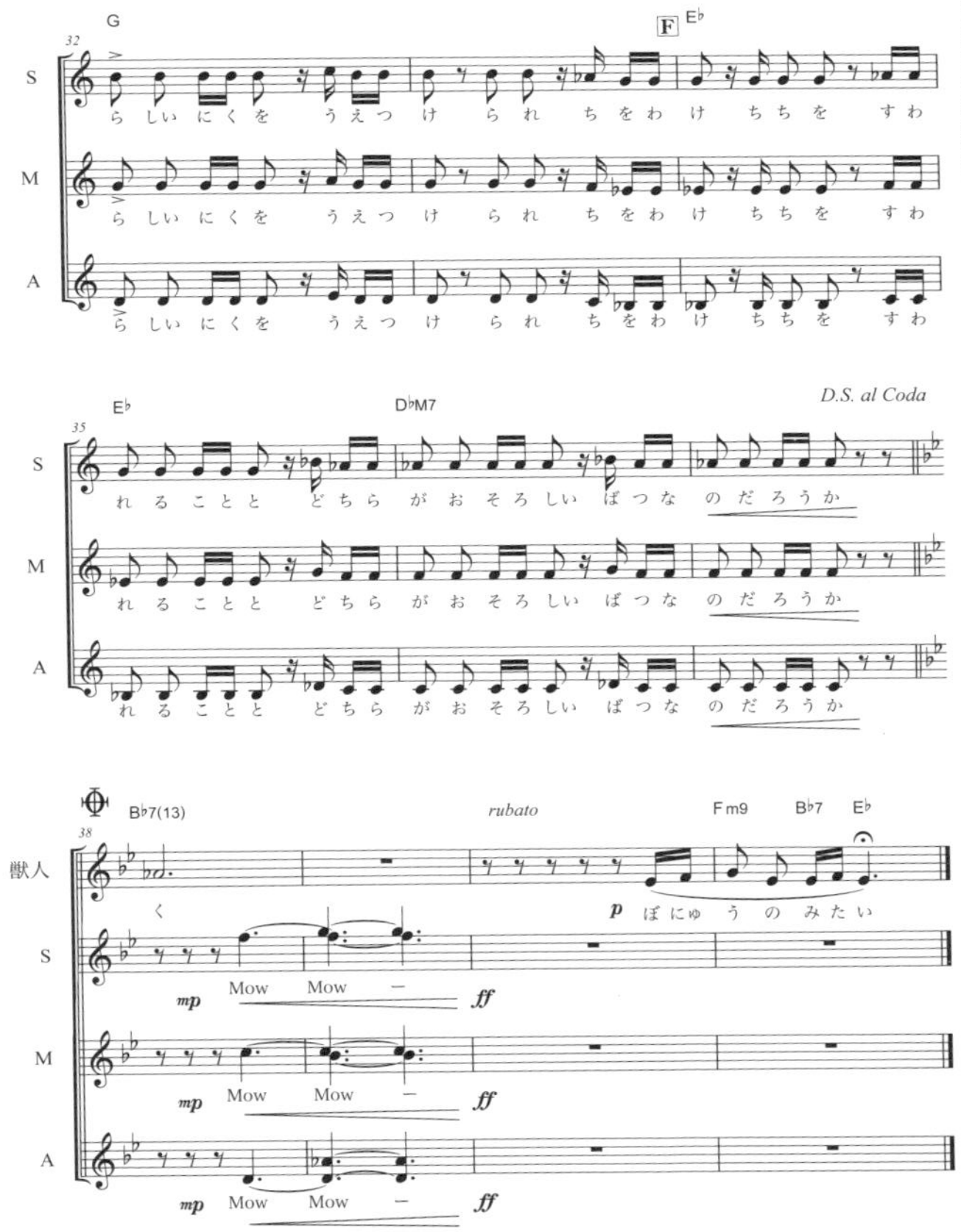

Exodus

作詞：市原佐都子
作曲：額田大志

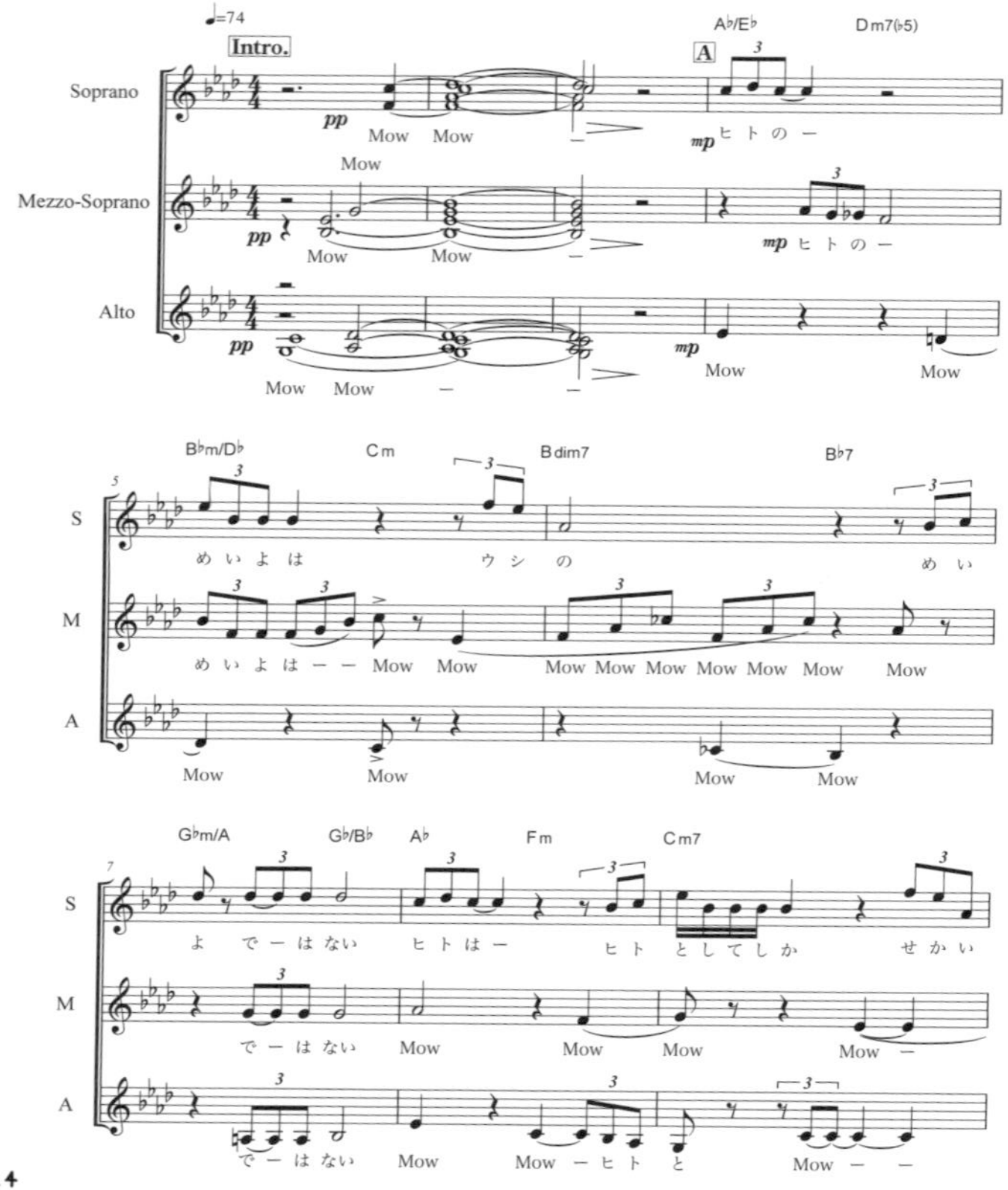

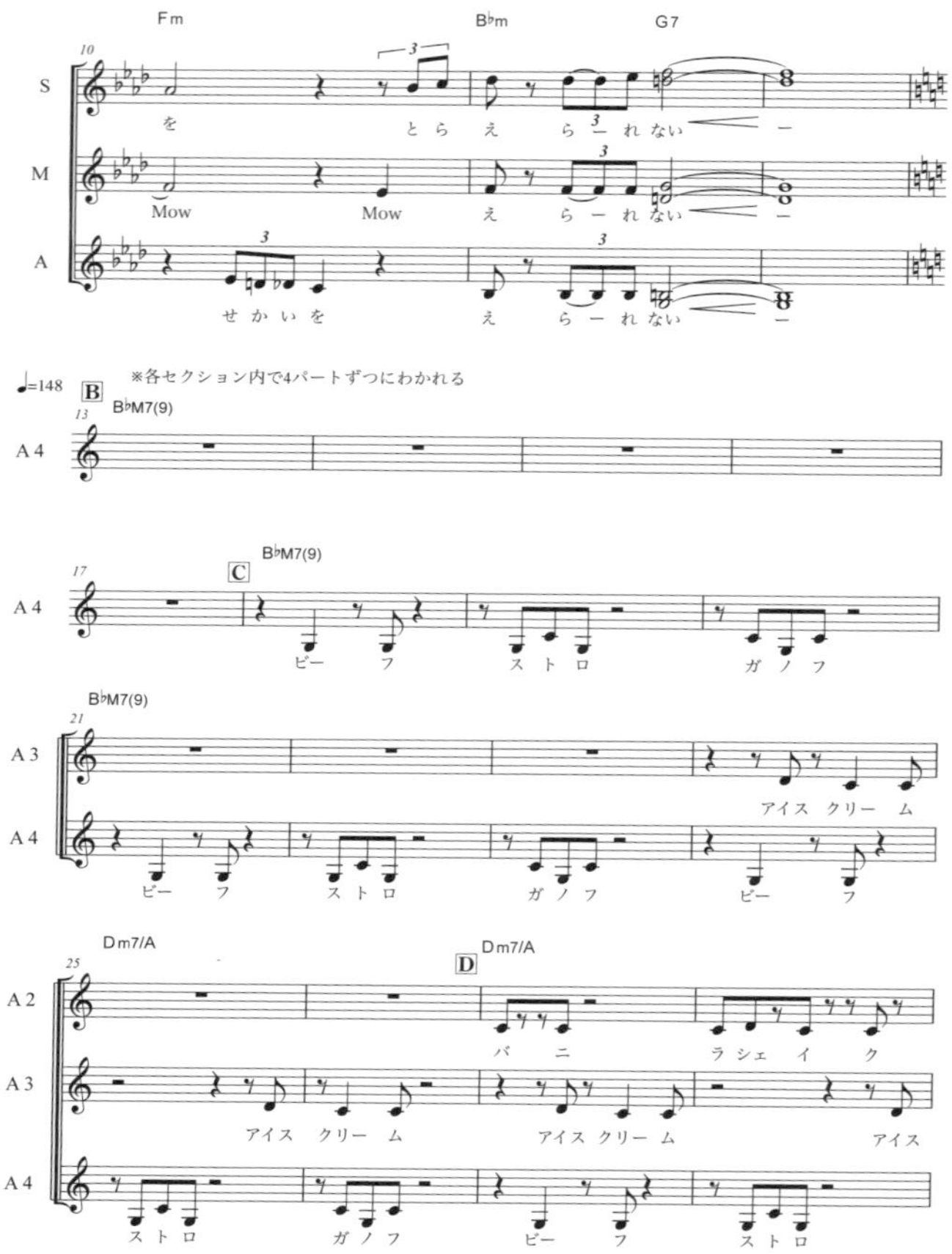

B♭M7(9)
29
A 1
ユッ ケジャン ユッ ケジャン ユッ ケジャン ユッケジャン ユッ ケジャン
A 2
パ ニ ラシェ イ ク パ ニ ラシェ イ ク
A 3
クリー ム アイスクリー ム アイス クリー ム
A 4
ガノフ ピー フ ストロ ガノフ
E
Dm7/A
33
S 4
サー ロイ ン ステーキ サー ロイ
M 4
バター ピス ケッ
A 1
ユッケジャン ユッ ケジャン ユッケジャン ユッ ケジャン ユッ ケジャン ユッ
A 2
パ ニ ラ シェ イ ク パ ニ ラシェ イ ク
A 3
アイスクリー ム アイス クリー ム アイスクリー ム
A 4
ピー フ ストロ ガノフ ピー フ

37
B♭M7(9)
S 4
ン ステーキ サー ロイ ン
M 3
ヨー グ ル ト ー
M 4
ト バター ピ ス ケッ ト バター ピ ス ケッ ト バター ピ
A 1
ケジャン ユッケジャン ユッ ケジャン ユッ ケジャン ユッ ケジャン ユッケジャン
A 2
パ ニ ラシェ イ ク パ ニ ラ シェ イ ク
A 3
アイス クリー ム アイスクリー ム アイス
A 4
ストロ ガノフ ピー フ ストロ

Exodus

41
Dm7/A
S 3
カ マン ペー ル チ ー ズ
S 4
ステーキ サー ロイ ン ステーキ
M 1
ミ ー トボール
M 2
シュラスコ シュ ラス コ シュラスコ シュ ラ ス コ シュ ラ スコ
M 3
ヨー グ ル ト ー ヨー グ ル ト ー
M 4
ス ケッ ト バター ピ ス ケッ ト バター ピ ス ケッ ト
A 1
ユッ ケジャン ユッ ケジャン ユッ ケジャン ユッケジャン ユッ ケジャン
A 2
パ ニ ラシェ イ ク パ ニ ラシェ イ ク
A 3
クリーム アイスクリーム アイス クリーム
A 4
ガノフ ピー フ ストロ ガノフ

F
45
B♭M7(9)
S 2
ロー ストビー フ ロー ストビー
S 3
カ マン ペー ル チ ー ズ カ マン ペー
S 4
サー ロイ ン ステーキ サー ロイ
M 1
ミー ト ボール ミ ー トボール ミー ト ボール ミ ー トボール ミー ト ボール ミ
M 2
シュ ラ ス コ シュラスコ シュ ラ スコ シュ ラ スコ シュラス コ
M 3
ヨー グ ル ト ー ヨー グ ル ト ー
M 4
バター ピ ス ケッ ト バター ピ ス ケッ ト バター ピ ス ケッ
A 1
ユッ ケジャン ユッ ケジャン ユッ ケジャン ユッ ケジャン ユッ ケジャン ユッ
A 2
パ ニ ラ シェ イ ク パ ニ ラシェ イ ク
A 3
アイスクリーム アイス クリーム アイスクリーム
A 4
ピー フ ストロ ガノフ ピー フ

Dm7/A
49
S 1 ベイクド チーズ ケーキ ベイクド チーズ ケーキ
S 2 フ ロー ストビーフ ロー ストビーフ ロー
S 3 ルチーズ カ マン ベー ル チー
S 4 ン ステーキ サー ロイ ン
M 1 ートボール ミート ボール ミートボール ミート ボール ミ ートボール ミート
M 2 シュラスコ シュラ スコ シュラ スコ シュラスコ シュラスコ シュラ
M 3 ヨーグルト ー ヨーグルト ー
M 4 ト バター ビ スケット バター ビスケッ ト バター ビ
A 1 ケジャン ユッケジャン ユッ ケジャン ユッ ケジャン ユッ ケジャン ユッケジャン
A 2 バ ニ ラシェイ ク バ ニ ラシェイ ク
A 3 アイス クリーム アイスクリーム アイス
A 4 ストロ ガノフ ピー フ ストロ

B♭M7(9)
53
S 1 ベイクド チーズ ケーキ ベイクド チーズ ケーキ
S 2 ストビーフ ロー ストビーフ ロー ストビーフ
S 3 ズ カ マン ベー ル チー ズ
S 4 ステーキ サー ロイ ン ステーキ
M 1 ボール ミートボール ミート ボール ミ ートボール ミート ボール ミートボール
M 2 スコ シュラ スコ シュラスコ シュラスコ シュラ スコ シュラ スコ
M 3 ヨーグル ト ー ヨーグルト ー
M 4 スケット バター ビスケッ ト バター ビ スケット
A 1 ユッ ケジャン ユッ ケジャン ユッ ケジャン ユッケジャン ユッ ケジャン
A 2 バ ニ ラシェイ ク バ ニ ラシェイ ク
A 3 クリーム アイスクリーム アイス クリーム
A 4 ガノフ ピー フ ストロ ガノフ

G
FM7
S
M
A
Mow Mow Mow Mow Mow
B♭M7
Dm7
H
FM7 Dm7/A C7/B♭ C
ケン タウ ロスは おとなになって わらって いるよ
67
FM7 C/E Dm7(9)
ケン タウ ロスは はだかでかけ だしたよほんとう

Exodus

70
C FM7 Dm7/A C7/B♭
のせかいへ くさはんで はしってさけんで さけのんで
74
C FM7 C/E Dm7(9) C
めいてい とつぜんしゅつげん はじめてみる ほかのケンタウロス
I
79
B♭ Am Dm C B♭ Am Dm C
わたしたち だーきしめ あーーって ひーとつに
Mow Mow Mow Mow

Bb Am Dm C Bb Am Dm C
なーーって いーっしょに こーきゅーう しーよーう
83
S
M
A
Mow
Bb Am Dm C Bb Am Dm C
こーのまま くったって くーわれたっ てーいいわ
87

Exodus

J
EbM7 Dm7 Gm F Bb Am Dm C
わたしたち ニンゲンの せーかいにすん でーないの
91
S
M
A
Mow
EbM7 Dm7 Gm F Bb Am Dm C
ケンタウロスと にくをかみ かーまーれ のーーーみ
95

K
99
S
M
A
E♭M7(9) Dm7(9) Gm7 FM7 B♭ Am
の ーまーれ な ーがーら は ーあーー
Mow Mow Mow Mow Mow Mow Mow Mow Mow Mow Mow Mow
102
Dm C E♭M7(9) Dm7(9) Gm7 FM7
は ーあーー い ーまーが い ーちばん
Mow Mow Mow Mow Mow Mow Mow Mow Mow Mow Mow Mow

105
S
M
A
B♭ Am Dm C E♭M7(9) Dm7(9)
い ーきてる ほ んとうの せ ーかーい
Mow Mow Mow Mow Mow Mow Mow Mow Mow Mow Mow Mow
108
Gm7 FM7 B♭ Am Dm C
ほ んとうの せ ーかーい ケン タウロ スは
Mow Mow Mow Mow Mow Mow Mow Mow Mow Mow Mow Mow

E♭M7(9) Dm7(9) Gm7 FM7 B♭ Am
お ー おきな こ ー え ー で わ ー らって
Mow Mow Mow Mow Mow Mow Mow Mow Mow Mow MowMow
Dm7 CM7 L CM7(9) G6(9) CM7(9) G6(9)
い ー る ー よ

M
CM7(9) G6(9) CM7(9) G6(9)
mp そ の こ ろ せ か い の はん たい がわ の テー ブ ル で
だ れ か も お お き な こ え で わ ら って いる よ
N
CM7(9) G6(9) CM7(9)
mf や き に く や き な が ら ぎゅ う にゅ う の み な が ら ー ー
か な し く て も
た の し く て も か な し く て も

G6(9) CM7(9) G6(9)
130
S M A
おいしくても まずくてーもー
うまれてから しぬまでー
CM7(9) G6(9) CM7(9)
133
わらっているよ わらっているよー ー
あさもよるもわらっているよ わらっているよー ー
あさもよるもー
あははあははあははあはは
G6(9) CM7(9) G6(9)
136
あははあははあははあはは

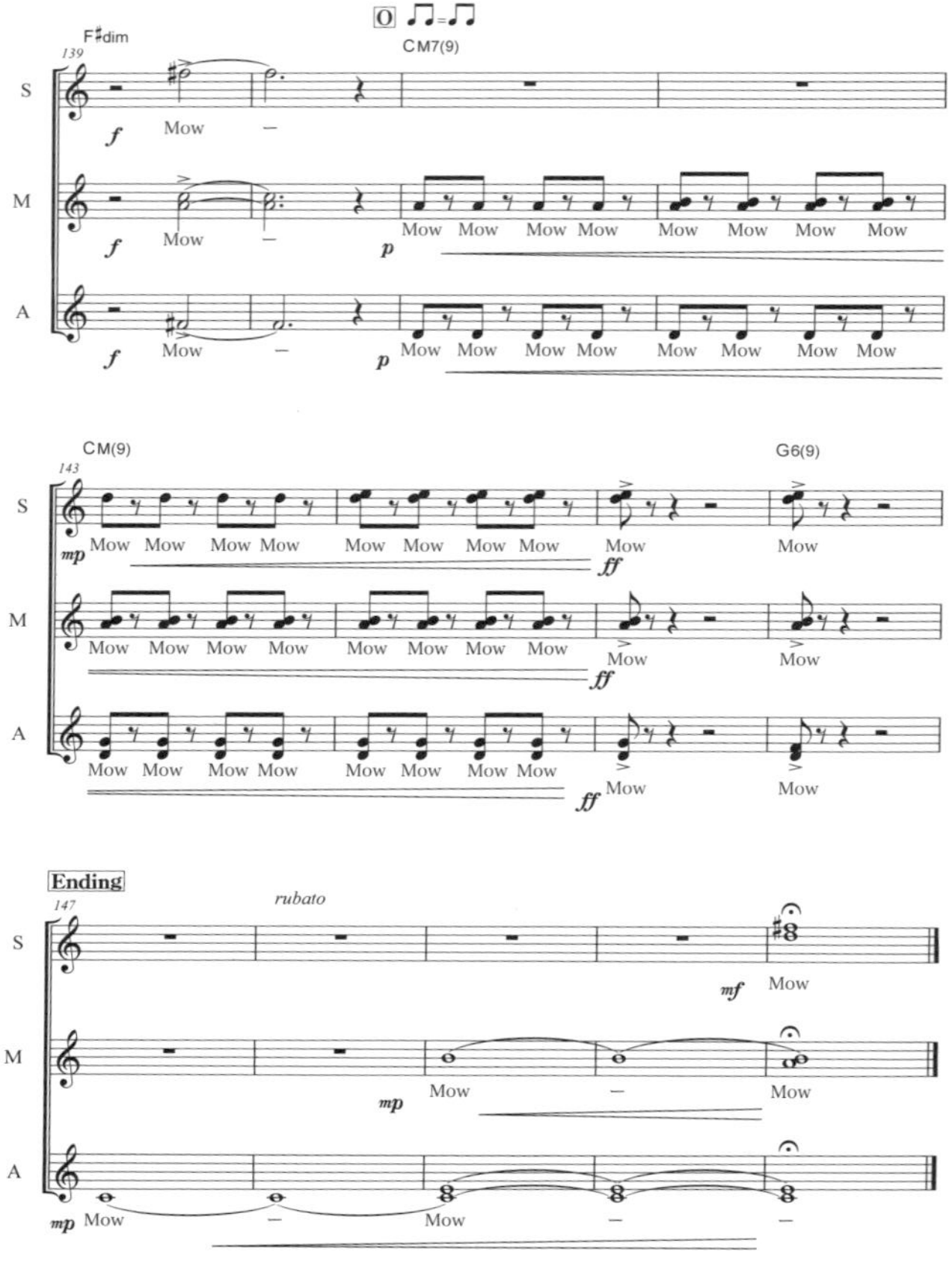
O
F♯dim CM7(9)
139
S M A
f Mow ー
p Mow Mow Mow Mow Mow Mow Mow Mow
CM(9) G6(9)
143
mp Mow Mow Mow Mow Mow Mow Mow Mow
ff Mow Mow
Ending
rubato
147
mf Mow
mp Mow ー Mow
mp Mow ー Mow ー ー